# Montanhas de Diana

*Anna Maria Mello*

*Este livro é para todas as mulheres que receberam diagnóstico de câncer de mama.*

*Para minha avó Laurentina* — in memoriam.

*Para minhas amigas que acompanharam essa trajetória.*

*Para minhas filhas, Julia e Carolina.*

*Quando a dor cai sobre você sem paliativos,*
*a primeira coisa que ela lhe arranca é a palavra.*

**Rosa Montero**

/

*A vida muda rapidamente. A vida muda em um instante.*

**Joan Didion**

# Sumário

# Sob medida

Sobre a mesa em frente à cama, a enfermeira deixou papéis para que eu assinasse e uma caneta. Paro, olho a caneta, faço menção de pegá-la. Antes preciso ver algo. Paula está ao meu lado. Peço que me alcance o espelho da mesa de cabeceira. Digo à enfermeira que prefiro ficar sozinha com minha irmã. Ela sai e encosta a porta.

Camisola aberta na frente e lá estão eles, vermelhos, inchados, febris. Com o pequeno espelho, direcionado por Paula, os examino. Será a última vez que os verei assim, na medida certa para meu corpo, refeitos há tão pouco tempo pelo doutor Marcelo? Passo os dedos sobre os bicos, ainda doloridos, espessos, brilhantes como as maçãs de Courbet. Lembro do quanto apreciei, sempre, obras de arte. Estas, em meu peito, derreterão como as de Dali? Não consigo sequer endireitar o tronco, como fazia em menina para chamar a atenção de algum garoto.

Terríveis calafrios me fizeram perder a vontade e as forças. Minha irmã Paula me acomoda sob as cobertas. Ajeita os travesseiros com cuidado e levanta, com um toque, a cabeceira da cama. Arrasta a mesa com os papéis, para mais perto de mim. Seguro a caneta pesada e penso: é preciso assinar esses papéis.

Quando pequena, como era costume, minha mãe me vestia somente com a parte de baixo do biquíni. Nunca me incomodei com isso. Lá pelos 8 anos, depois da praia e durante a ducha em casa, me dei conta que tinha mamilos. Naquela tarde, apesar de todo cuidado com os horários de exposição, o tempo que permaneci sob o sol foi suficiente para que os sentisse doloridos e inchados. Aos 10, e com alguns quilos a mais, as gorduras fizeram todas as partes do corpo crescer, e minha mãe e eu tivemos de ir às compras. Em uma loja de moda infantil, perto de casa, a vendedora abriu, sobre o balcão, um vestido azul claro de bolinhas brancas com elásticos na altura do peito. "Está no auge da moda", ela disse, os olhos brilhando. Eu podia imaginar o que estava por vir, mas quis experimentar, atraída pela cor azul, minha favorita. Diante do espelho, a confirmação: o modelo ressaltava muito a gordura dos peitinhos. Que raiva daquele volume inapropriado em meu corpo. Minha mãe batia palmas: "Está lindo, vamos levar!". Diante daquele entusiasmo, não tive coragem de dizer que não havia gostado, e desejei nunca precisar usá-lo.

No início da adolescência – corpo em curvas, peitos além da medida –, não me importava mais se as roupas marcassem. Minhas preocupações iam em outra direção: o que importava era observar o mundo através da minha máquina fotográfica. Como eu gostava de ver as pequenas coisas através das lentes! Passava horas fotografando as flores do jardim do meu prédio. As azaleias ficavam mais vivas ao serem reveladas em papel brilhante. Costumava comprar filmes em uma loja a dois quarteirões de onde morava, um apartamento no bairro dos Jardins, zona nobre em São Paulo. Passei a vestir as primeiras roupas que via pela frente, em geral uma camiseta branca com estampa de borboleta e uma calça jeans. Certo dia, ansiosa para buscar a revelação das fotos de uma joaninha que havia pousado em minha mão, e que, por milagre, consegui fotografar, desejei não ter tremido na hora. Ia assim, no mundo da Lua, quando, ao passar entre a banca de jornal e a calçada, tomei um susto: um desconhecido me agarrou pelas costas com suas mãos grandes, pesadas e nojentas e apertou meus peitos.

O primeiro momento foi de terror, o que não me impediu de dar um empurrão nele. Antes de sair correndo e entrar na primeira loja que vi, pensei em gritar, mas duvidava que alguém me socorresse. Talvez sequer acreditassem em mim. Ao chegar em casa pensei em contar aos meus pais; desisti quando imaginei que, sabendo daquilo, eles não me deixariam sair sozinha de novo. Nunca refiz aquele trajeto; andava três quarteirões a mais, demorava para voltar, o que irritava minha mãe. Fui perdendo o hábito de fotografar.

Aos 17 anos, no baile de formatura do colegial, minha mãe fez uma surpresa: encomendou um vestido de festa a uma renomada estilista de alta costura que era nossa vizinha. Na prova final, vi que ela tinha escolhido um tecido cor de rosa antigo, que estava longe de ser minha cor predileta. E o modelo, com decote estilo princesa, não colaborava com os indomáveis peitos tamanho 52. Sem coragem de decepcioná-la, escondi não ter gostado do vestido. Meu pai acertara em cheio, presenteando-me com um relógio francês, de madrepérola do Taiti. Ao chegar à festa e reparar na decoração, notei que as flores eram da mesma cor do vestido. Fiquei chateada; ninguém iria reparar em mim. O mal-estar foi logo quebrado, e me veio uma sensação dúbia de constrangimento e felicidade, quando percebi que os garotos não paravam de me olhar. Foi então que, nessa mesma festa, após a comemoração, escolhi, por vontade própria, um dos meninos com quem já havia trocado olhares no colégio para acariciar-me pela primeira vez.

/

Meses antes, ao contrário do que havia acontecido na festa de formatura, um professor do cursinho, após a aula, nas escadas de acesso à saída, me empurrou contra a parede, apertando meus seios com uma força imensa. Atônita, não gritei. Mesmo com o estômago embrulhado, consegui me desvencilhar da situação e decidi permanecer calada a fim de não me prejudicar nos estudos. Só depois de passar no vestibular, relatei o fato à minha mãe e contei ao diretor da instituição o que acontecera. Ele reagiu como se tudo fosse um exagero meu e da minha mãe, e me fez carregar a dúvida se foi algo em mim que deu margem àquele ato.

Já na faculdade, entre amigas, trancadas em um quarto, comparávamos os seios como em uma final de concurso de beleza. O meu, por seu formato pendente sobre o ventre, nunca estava entre os primeiros colocados, embora não faltassem pretendentes que quisessem tocá-los. Em frente ao espelho que ficava atrás da porta, tocávamos umas às outras, fazendo comparações de tamanho, formato e estética. E ríamos alto, contando, noite adentro, as aventuras com os garotos.

Nessa época, meu obstáculo era encontrar a parte superior do biquíni, tamanho era o volume dos seios. Na maioria das vezes, sem opção, usava maiô, destoando de minhas amigas, com a barriga coberta e os peitos esmagados. Além disso, sofria com dores na coluna, preocupando também minha mãe. Após uma conversa, decidimos procurar um médico, que nos aconselhou a realizar uma cirurgia de redução de seios. Só faltava convencer o meu pai, que não se dava conta da gravidade do problema.

Quando ia à praia, costumava besuntar meu corpo de óleo de urucum; andava à beira-mar, sem pressa de voltar à sombra e sem qualquer noção dos danos que isso poderia causar à minha pele. Certo dia, ao caminhar na areia com meu pai, um amigo dele se aproximou para nos cumprimentar e, enquanto conversava conosco, não tirava os olhos dos meus seios. O mal-estar da situação foi o argumento final para meu pai se convencer da cirurgia.

Aliviada, passei a viver em paz com meu novo manequim 44. Os seios passaram a ser o que mais admirava em meu corpo. Os peitos, que antes me causavam constrangimento e insegurança, agora me colocavam nos holofotes da elegância e da libido.

Eu acompanhava a crescente discussão feminista nas manchetes dos anos 90. Respeitava aquelas ideias, mas jamais queimaria um sutiã em praça pública. Amava sutiãs e, quanto mais renda e bordado tivessem, melhor.

Anos depois, casada e com minha primeira filha, Mia, nos braços, observava meus peitos assumindo uma função diferente e nobre. Apesar de toda a grandeza do gesto, a amamentação me trouxe incômodo e os bicos chegaram a ficar em carne viva. Entre amor e dor, amamentei Mia, durante seis meses. Quando Beka nasceu, quatro anos mais tarde, meus peitos já estavam calejados, e com ela veio o prazer da amamentação.

Há um mito que relata o nascimento do mundo por meio de uma gota de leite vertida do peito de uma Deusa. A Via Láctea leva esse nome porque Zeus levou

Héracles para se alimentar no seio de Hera, enquanto ela dormia. Confusa com a situação, ela o empurrou, fazendo com que algumas gotas de leite caíssem do céu. Conta-se também que as mães, esposas e amantes gaulesas costumavam ir aos campos de batalha exibir os seios nus a seus guerreiros, a fim de lhes transmitir força e confiança, na luta contra o invasor romano. Eu, como mulher e amante de história, me identifico com elas.

Quando Carlos e eu nos separamos, senti meu corpo feio, com mamas muito caídas. A fim de recuperar a confiança, resolvi me submeter a mais uma cirurgia.

No quarto do hospital e impossibilitada de usar sutiãs, observo, sobre a mesa, o papel que segue à espera da minha autorização para a retirada das próteses de silicone dos seios. A linha em branco para a assinatura me lembra de quantas páginas deixei de escrever em minha história, apesar de ter me dedicado a ler tantas biografias, talvez à procura de uma identidade. Assinando essa folha, eu estaria renunciando aos peitos. Isso é o que eu menos quero. Paula me dá um olhar inflamado parecido com o da nossa mãe. Assino os papéis.

# Nuvens

As gargalhadas de minhas filhas, Mia e Beka, vindas da cozinha, e o forte cheiro de queimado, obrigaram-me a ir ver o que acontecia por lá.

Preparavam um bolo, as duas, pela primeira vez. Ao assar, a massa havia transbordado da forma e escorrido por entre as grades do forno. Mia retirou as grades, ainda muito quentes, e as jogou na pia, abrindo a torneira ao máximo e gerando uma nuvem de fumaça. Tentava agora limpá-las com uma escova de cabo e um pano de prato. Beka, sentada no chão, as pernas cruzadas, lambia, com os dedos, a massa crua que sobrara.

— Pare com isso, Beka, vai acabar com dor de barriga. Me ajude a limpar a sujeira que fizemos!

Depois de verificar que estavam bem, recostei-me no batente da porta e fiquei a observá-las: eu não havia me dado conta, tinham crescido rápido demais. Mia, 18 anos, estava em seu momento de plenitude, achando-se uma adulta capaz de resolver os próprios problemas. Era mais tímida que a irmã e não gostava de expressar suas emoções. Achava-se responsável por Beka, dando-lhe conselhos e bons exemplos. Começou a frequentar aulas de direção, ao mesmo tempo do início da Faculdade de Marketing. Seu presente por ter passado no vestibular foi um carro compacto e de desenho arrojado. Eu me sentia orgulhosa dela.

Olhei para Beka. Faltava pouco para completar 15 anos. As nossas atenções estavam voltadas para essa data. Ela pensava em tudo, desde a decoração até os convites. Passava noites buscando na internet um tema para a festa, esquecendo-se das obrigações escolares. A lista de convidados passava de trezentas pessoas, o que me deixava quase em pânico, não só pelos custos, mas por toda a organização que exigiria. E tudo tinha de ser perfeito.

Minha cabeça doía, estava confusa, e a cena das meninas na cozinha, tão alheias ao que estava por vir, me perturbava. Não queria vê-las preocupadas.

O bolo de chocolate sempre foi meu preferido, mas naquele momento o desejo de comer passava longe de mim, habitada por tantas incertezas. Fiquei junto à porta, em silêncio, lembrando do dia em que decidi abandonar a carreira acadêmica para trabalhar com festas. Tomada por uma tristeza crescente, agora sabia ter feito a escolha errada.

/

Quando criança, perto de eu completar 7 anos, minha mãe me fez uma grande surpresa. Ela gostava de comemorar cada ano de minha vida, e alegrava-a pensar em cada detalhe. Apesar de achar as últimas festas exageradas, gostava dessa forma de carinho. Minha mãe contratava uma doceira, talvez a mais famosa da época, para fazer os quitutes da festa. Enquanto decidia sobre a decoração e brincadeiras, eu a observava, atenta a cada movimento. Parecia o acontecimento do ano, digno de manchete de jornal. Desde que fiz 2 anos, em todo mês de março, minha mãe se ocupava em escolher o tema e detalhes para meu aniversário. Porém, naquele ano dos 7, ela me deu a incumbência de escolher o tema. Hoje sei que estava ocupada com os cuidados com Paula, minha irmã que havia nascido seis meses antes. Na época, eu, feliz, escolhi o tema Fadas e Gnomos. Gostava do mundo mágico de seres voadores. Imaginava estar entre eles, ter o dom de proteger as pessoas, de chegar perto delas para ajudá-las. Em muitas noites, antes de dormir, esses seres encantados pairavam sobre minha cama, como vagalumes brilhantes piscando no ar. No meu aniversário, eles estariam presentes na mesa, iluminando a festa. Por isso, acho, não me importei em trajar branco. Eu achava essa cor sem graça, além de lembrar as roupas das freiras do colégio. Não era uma cor bonita e alegre. Para piorar, o vestido era bordado de flores amarelas, a cor preferida de minha mãe. Também não liguei em passar horas de bobes no cabeleireiro, esperando os fios lisos se tornarem cachos. Naquela época meninas da minha idade não iam ao cabeleireiro com frequência, mas minha mãe queria que eu aprendesse a ser vaidosa e ir ao cabeleireiro fazia parte da minha rotina de sábado de manhã. Sem escolha, levava um livro para companhia. Quando voltamos do salão, o céu estava cheio de nuvens cinza-chumbo.

— Meu Deus, chuva não! — minha mãe gritou, sacudindo a cabeça. — Todo o meu trabalho com a festa vai por água abaixo. Não pode ser.

Eu não tinha pensado nessa hipótese, mas os gritos dela me deixaram preocupada com essa possibilidade.

— Temos de colocar o ovo para Santa Clara em cima do telhado — e, erguendo as mãos aos céus: — Santa Clara, clareai o céu, Santa Clara clareai!

Não ousei contrariá-la. Ao chegar em casa, fui logo pegando o ovo e minha mãe chamou um empregado para colocá-lo no telhado. Rezei baixinho para que ela parasse com a gritaria. As fadas e gnomos me protegeram: não choveu, e tudo saiu perfeito com a presença e os presentes de meus amiguinhos e familiares.

/

Ainda de pé, à porta da cozinha, determinei:

— Beka, ajuda sua irmã; pega outro pano, esfrega o

chão com o alvejante de eucalipto, antes que as formigas apareçam.

Sem esperar, fui para o meu quarto. Deitei-me de barriga para baixo, nariz enterrado no travesseiro de plumas. Sozinha na cama *king size*. Não queria pensar em nada. Dormir era a melhor opção. Afinal, no dia seguinte, teria muito o que fazer.

No trabalho, a pressão era enorme; passava horas de pé, sapato alto, correndo de um lado para o outro. Montava a mesa de doces, checava a decoração, tudo devia estar impecável quando os convidados chegassem. Depois das bebidas, festa animada. Era hora, então, das atribuições menos nobres: tomar conta das noivas ou debutantes que, alteradas pela quantidade de drinques, poderiam ocasionar problemas tais como vômitos, noivas dando em cima de padrinhos, rebolando seus vestidos de grife como um esfregão. Eu, atenta aos detalhes, permanecia horas sem comer e, quando comia, era sem mastigar.

Meu corpo estava no limite. Chegando aos 45, temia não conseguir mais trabalhar com eventos. Consumida pela rotina, não sentia ânimo algum para exercícios físicos. Preferia ficar como agora, presa aos lençóis, lembrando do tempo de menina em que corria entre árvores de reflorestamento, livre de qualquer preocupação pelo que estivesse por vir.

As manhãs daquele final de ano de 2014 demoravam a passar. Eu continuava deitada, alimentando a memória e mergulhada em um poço que, aos poucos, me engolia. Tentei, esticando os braços para cima, segurar-me a algo que não conseguia alcançar. Meus pés descalços, batendo na água, buscavam o fundo e, quando exausta, subia para respirar. Agarrei o travesseiro ao meu lado, e a minha cama parecia um ninho seguro. Com imenso esforço, me pus de pé, vesti um jeans e uma bata larga e fui para o banheiro me maquiar. Tinha reunião com clientes de bodas de ouro. Eu nunca chegaria a fazer bodas de ouro, nem vi meus pais completarem bodas de ouro pela morte precoce deles. Nem mesmo meus avós eu vi completarem, por terem se separado jovens numa época em que casais não se separavam. Abri a sapateira: sandália dourada combinava com bodas de ouro e poderia me ajudar a fechar o negócio. Bati o pé três vezes no taco do quarto. Superstição. Naquele momento, das profundezas, voltou o passado.

Estava no cais de Santos, à espera do embarque. Minha mãe enxugava as lágrimas, enquanto eu secava o suor do rosto com um lenço cheirando a eucalipto, mania de limpeza de minha avó. Vestia uma blusa com listras vermelhas, de pala grande, que me fazia sentir estrangulada e ainda presa à infância, a qual, desde os 12 anos, havia me deixado sem que eu percebesse. Usava um vestido azul-marinho com poás brancos e um casaquinho vermelho. Meus cabelos amarrados por uma fita vermelha, de cetim. Embarquei, deixando minha mãe à espera, por longos quarenta dias. Acompanhada de meus padrinhos e suas filhas, partimos em direção às geleiras e aos pinguins. Marília, a primeira filha, era um ano mais velha que eu. Nos considerávamos primas. Ela era uma enciclopédia ambulante de cinema. As duas menores, gêmeas, cinco anos mais novas, estavam sempre nos espionando. Fugíamos delas.

Ainda naquela tarde, através da escotilha do saguão principal, jogada em um dos muitos sofás de veludo azul, meus olhos navegavam pela imensidão do oceano. Desviando o olhar para dentro do salão, por algum ruído, me deparei com um garoto. Interessante.

Tinha o olhar para além de mim, aparentava ter um pouco mais de idade do que eu. Cabelos e olhos brilhavam com o sol do fim de tarde. De repente, me olhou firme, e eu fugi dali.

Fui para o terraço, pendurei-me no parapeito, embasbacada com a espuma e o vento forte do convés. Uma voz grossa vinda de trás, me alertou: cuidado. Girei o corpo. Os olhos dele, inconfundíveis, agora aflitos:

— Me dê as mãos, vamos.

Estendi os braços para ele me puxar. Meu corpo caiu sobre o dele. Mas o que era para ser uma cena romântica acabou em desastre quando vomitei algo gosmento em seu peito. Estávamos embalados pelo mar e por uma situação patética.

— Prima, o que é isso? Toda vomitada!? — Marília chegou, gritando. — Te levo pra cabine — e me arrastou dali, sem perguntar sequer quem era o garoto.

— Precisamos ficar prontas para o jantar, minha mãe já perguntou onde você estava.

Na cabine, enquanto me aprontava, continuei tomada pela imagem do garoto. Nem me despedi dele... Vesti minha roupa mais decotada e curta. Puxei os peitos para arrumar o decote. Como era bonito o meu colo; poderia servir de chamariz para o garoto. Eu mesma nunca havia reparado no quanto eram perfeitas as auréolas dos meus seios. Passei o dedo nelas, e logo despontaram, marcando a blusa. Prendi uma mecha dos cabelos com uma fivela de madrepérola, deixando o restante dos fios soltos, livres. Nascia uma mulher. A nova Diana.

Durante o jantar, não troquei nenhuma palavra. Observei a quantidade enorme de comida, enquanto meus padrinhos e filhas devoravam os cinco pratos como se fosse a última ceia. Sem o garoto, as salas pareciam vazias. Acabei me deitando cedo para desfrutar os bons ares da manhã seguinte.

Levantei-me com os primeiros sinais de claridade. Ainda na cama, pensei no garoto e em como era bom sentir desejos. O gosto do beijo dele seria como o de um morango silvestre, um pouco ácido, um pouco doce? Saberia eu beijar?

Escolhi minha roupa mais bonita, soltei os cabelos, sonhando em encontrá-lo, mas não o vi durante o dia todo. Nos dias que se seguiram, enquanto Marília e eu fazíamos outras amizades, as gêmeas permaneciam à volta dos pais. Passamos quatro dias navegando em alto mar. Quando aportamos em Buenos Aires, vi o garoto na fila do desembarque. Nunca mais deixei de pensar nele. Quando o navio atracou em Santos e a viagem chegou ao fim, o garoto passou a fazer parte daquela memória.

# Queda livre

Naquele ano tudo estava desabando. Cheia de um trabalho, do qual já não gostava e que me consumia, deixei minha mesa e fui até a janela, espairecer. As nuvens ameaçavam uma tempestade. A primavera, minha estação preferida, estava cinzenta. Também eu estava cinzenta, sem ânimo. Voltei ao trabalho, tentei me concentrar, mas senti náuseas. Resolvi ir para casa. Tinha de conversar com minhas filhas. Quando abri a porta de entrada, lá estavam elas largadas no sofá. Mia com olhos entre a TV e o celular. Beka, com os pés descalços apoiados na banqueta do sofá, ria de alguma personagem da Netflix. Seus tênis, jogados sobre o tapete me lembraram da época em que minha mãe dava bronca por estar com os pés no sofá. Demorei a aprender. Sem forças para conversar com minhas filhas, segui corredor adentro, em direção ao meu quarto. Joguei-me na cama.

Sempre adorei a casa cheia. Em volta da mesa de jantar, conversas, risadas, preenchiam a falta de uma família mais sólida, que há muito eu já não tinha. Quando me casei com Carlos, pai de minhas filhas, ele logo mostrou que não gostava de receber. Introspectivo e ciumento, preferia viver somente em minha companhia. Raras vezes chamávamos algum casal para jantar.

Com o nascimento de nossas meninas, acabamos por ficar ainda mais em família, o que me fez esquecer muitos amigos. Aos 33 anos, com a separação, retomei minha vida social. Fiz novas amizades, preenchendo com saídas e festas, a sensação de vazio. Com o tempo, senti-me uma pessoa mais sólida e livre para me divertir à vontade.

Minha casa voltou a ficar cheia. Minhas amigas Renata e Lúcia, traziam seus filhos e Valéria, minha vizinha, estava sempre em casa me fazendo companhia. Com o tempo, Valéria, a solteira da turma, se casou. Mais tarde, Lúcia foi morar fora de São Paulo e Renata arrumou um trabalho longe de casa, o que a fazia passar horas no trânsito. O grupo se dispersou. O cotidiano dessa vida na metrópole nos engoliu.

Enquanto vivíamos em grupo íamos com frequência à minha casa de praia em Ilhabela. Na churrasqueira enorme, preparávamos desde churrasco com carnes de cortes nobre até frutos do mar. O cheiro defumado das brasas em contato com a comida era o mesmo que exalava do forno de minha mãe, quando eu era criança.

Aos 9 anos eu já gostava de cozinhar, durante as férias, quando íamos à fazenda, enquanto minha mãe estava ocupada em cuidar de minha irmã Paula, que nos seus 3 anos lhe dava trabalho, eu pegava tijolos no terreiro de café, empilhava-os e construía um fogãozinho a lenha. Costumava ir à horta, atrás da casa, apanhar batatas, cenouras, beterrabas e mandioquinhas, levando-as na blusa embolsada, como um canguru carregando seu filhote. Entrava na cozinha, sem ser notada, e pegava alguns apetrechos como o tacho de cobre, colheres de pau, fósforos e uma faca – que, por ser perigosa, me atraía em especial. Voltava para o terreiro, saltitante: gostava de fazer coisas que minha mãe, se visse, desaprovaria.

Com o fogo aceso, colocava os ingredientes na panela com o cuidado devido às melhores iguarias. A brasa queimava e o cheiro defumava meus cabelos longos. Depois de cozinhar, ou cansar da brincadeira, deixava tudo por ali, menos a faca: limpava-a na calça jeans e guardava de volta na gaveta da cozinha, para mamãe não descobrir. Em seguida, ia direto para o indesejado, porém, obrigatório banho. A água nunca esquentava, e eu, que odiava água fria, enganava minha mãe, esfregando só o cabelo e as partes íntimas. Nunca soube se o gelado se devia à cachoeira perto dali e de onde vinha a água, ou se o aquecedor não funcionava direito.

Depois do banho, sentávamo-nos todos ao redor da mesa de carvalho, para o jantar em família. A "família" era minha avó, pais, primos, especialmente Marília, minha companheira. Enormes pratos de sopa eram servidos. Depois, de barriga cheia, era hora de acender a lareira e inventar novas brincadeiras com fogo.

Eu não passava dos 12 anos quando, certa vez, Marília foi ao apartamento onde eu morava, em São Paulo. Ela era minha cúmplice de aventuras e descobertas. Naquela noite, enquanto ouvíamos Stevie Wonder no toca-discos, ela abriu sua mochila. Trazia fogos de artifício que haviam sobrado da festa de São João. Tiramos a grade da janela do meu quarto e acendemos os fogos; por sorte não faziam barulho. Mas, ao invés de riscarem o céu de cores, os fogos vieram em nossa direção, queimando roupas e empesteando o quarto de fumaça. Enquanto tentávamos amenizar o estrago, trocando de roupa, Marília reparou em meus peitos. Eu nem liguei, preocupada em vestir logo a blusa limpa e, ao mesmo tempo, procurando por um incenso. Porém, o cheiro, saindo pelas frestas da porta, já impregnava o corredor. Antes de percebermos que até o papel de parede queimou, ouvimos a gritaria do outro lado da porta. Minha mãe dizia para abrir, certa de que estávamos fumando. Lembro-me do pânico por ter que confessar que brincávamos com fogo. Teria sido mais fácil se fosse cigarro, de fato.

/

Um cheiro bom vinha da cozinha do apartamento e chegava até o quarto onde eu estava deitada. Logo, Mia e Beka, apareceram na porta, de avental, trazendo nas mãos uma caçarola mal coberta por um pano de prato. Como era bom aquele perfume...

— Sai dessa moleza, mãe. Você tá parecendo uma velha, aí, nessa cama.

Meio empurrada, fui até a cozinha para comer o risoto que minhas filhas prepararam com a ajuda de um tutorial. O celular ainda ligado na bancada da cozinha repetia *finalizar com queijo a gosto*, filmando todos os passos para o novo Instagram de Beka. Entretidas, serviam os pratos enquanto eu, imóvel, as observava. Tocavam *Ritmo perfeito*. Pensei em dizer para abaixar a música um pouco, estava com dor de cabeça. O corpo também me doía, mas não disse nada, para não estragar a alegria de minhas filhas naquele momento.

Fui até o banheiro e, ao espelho, vi meu rosto pálido, as olheiras marcadas. Levantei o braço esquerdo, o *band aid* do laboratório ainda estava grudado. O que tinha feito da minha vida? Em quem havia me tornado? Esfreguei o rosto avermelhado e sequei as lágrimas, enquanto me questionava por que ainda estava calada sobre meus exames, e a iminência de uma grave doença.

Na outra manhã, a mesa da sala de jantar estava posta com pães, manteiga, bolo de cenoura e as xícaras azuis herdadas de minha mãe. Tudo preparado por Lourdes, minha fiel escudeira. Chegou em minha casa ainda jovem, com pouca experiência, havia dezesseis anos. Veio para me ajudar durante a gravidez de Beka. Muito interessada e amorosa, se tornou uma profissional exímia e uma amiga do coração. Olhei para o relógio na parede. Passava das sete e meia. Mia e Beka já estariam em aula. Para elas, o dia começava cedo e, pelo jeito, não tinham passado por aquela mesa. Sem coragem para olhar a agenda e com muita dor no corpo, tomei, dei um gole no café e queimei o céu da boca. Meus olhos, ainda inchados da noite anterior, encheram-se de lágrimas e algumas caíram sobre a xícara. Talvez eu devesse fazer uma prece, pedir para melhorar, mas nem para isso tinha forças.

Aos 5 anos, ia à missa todos os domingos, com minha mãe. Ela nos acostumou a ir, desde cedo, à Igreja. Meu pai, protestante, nunca nos acompanhou. Preferia frequentar o culto, aos sábados, e só me convidava em uma data especial. Eu levava para igreja a minha boneca preferida, embrulhada em um cobertor como um bebê de verdade. Nas missas, enquanto o padre falava, eu a encontrava no peito e dava de mamar, copiando minha mãe com Paula. Naquela época, achava bem estranho todas as pessoas repetirem frases que eu não entendia. Levantavam-se e se sentavam, e eu só sabia que estava perto de ir embora quando os maiores ganhavam uma bolacha redonda e achatada, que devia ser muito boa, pois quase todos queriam. Um dia, perguntei por que não podia entrar na fila com ela, para ganhar também. Minha mãe explicou que eu não tinha idade. Só aos 10 anos, na catequese, entendi que a tal bolacha simbolizava o corpo de Cristo.

Levei muito a sério a preparação, decorando as orações bem certinhas. Acho que por esse motivo fui escolhida para ler uma passagem da Bíblia, na missa da Primeira Comunhão. No dia, achei esquisito e incômodos o vestido, longo, branco, e o véu que usávamos. Ao mesmo tempo, me senti importante, pois leria direto da Bíblia. Minha mãe disse que eu estava linda, parecia uma Santa. Então, eu não podia errar; não queria decepcioná-la. Na hora da leitura, diante da igreja lotada, minha voz sumiu e as minhas bochechas ardiam. Senti como se estivesse no deserto do Saara. Até o traje era parecido com os do deserto. Uma vertigem tomou conta de mim. Fraquejei, gaguejei e jurei nunca mais falar em público.

Sentada, ainda, à mesa do café, ouvi as 12 badaladas do sino da Igreja atrás do meu apartamento, e não tinha a mínima coragem de seguir o dia. O aroma do frango preparado por Lourdes, para o almoço, começou a ganhar o ambiente. Pensei em seguir para meus afazeres; teria que voltar ao quarto, escolher roupa e enfrentar o dia. Já deveria estar trabalhando, pelo menos no computador. Desejei pegar o telefone para contar meu problema à Renata. Desisti, não queria preocupá-la em seu novo trabalho. Fui para o banheiro; precisava de um banho. Ao despir-me perguntava por que ainda estava de camisola? Talvez não desse nada ruim no exame e eu pudesse seguir meus dias normalmente. Era uma esperança.

Entrei num banho quente como o inferno de Dante. Conforme a água avermelhava meu corpo, não pensava em nada que não fosse o calor atravessando cada poro da minha pele. Era como se eu quisesse me punir por algo, trocar de pele. Saí do banho, coloquei qualquer blusa e a mesma calça do dia anterior. Sem olhar o espelho e sem ao menos passar um batom, peguei a bolsa e as chaves do carro que estavam em frente ao computador e sai batendo a porta. Na garagem, tive vontade de olhar as mensagens dos e-mails que apitavam em meu celular, mas estava atrasada para encontrar uma cliente sobre sua festa de bodas de prata. No carro, palavras de doença ecoavam na cabeça. Olhei de relance no espelho do retrovisor. Vi algumas linhas sulcadas na pele, no canto dos olhos. Deveria ter mais cuidado com a aparência. Tateei na bolsa, mas não carregava comigo maquiagem, nem perfume, como uns anos antes era costume.

Se Valéria me visse assim, acharia que eu estava louca. Foi ela quem me ensinou a andar na moda, mantendo roupa, cabelo e maquiagem impecáveis. Liguei o carro e saí pensando na época em que andávamos grudadas. Os telefonemas já começavam cedo. A caminho do trabalho, falávamos de assuntos diversos ou ríamos das bobagens da noite anterior, arriscando multas de trânsito. Parte de minhas manhãs eram preenchidas pela voz e entusiasmo desta amiga, e que agora ficaram para trás. Dois anos haviam se passado desde o casamento dela. Se eu fechasse os olhos, pareceriam dois dias. Alegre e descompromissada era a vida ao lado de Valéria. Como estaria, agora, com seu marido ciumento? Meu olhar busca o relógio de madrepérola, meu talismã: ele me lembra-me de que preciso acelerar. Não posso chegar atrasada.

No bufê, a cliente me aguardava. Tirou, de uma sacola, fotos que serviriam de referência para a decoração e me mostrou. Rosas vermelhas, misturadas a astromélias. Nada difícil para mim, experiente no assunto. Pensei novamente no tempo que dediquei a essas festas. Isso me incomodava. Talvez dezessete anos fossem mais que o suficiente para alguém ficar na mesma profissão.

— Você consegue arranjos assim? — perguntou a cliente, num timbre exaltado.

Lógico! Tudo sairá perfeito para o dia oito de novembro.

Nossa, está tão perto. Faltam só dois meses. Ainda bem que já está tudo escolhido, só falta a decoração.

Tínhamos começado a preparar esse evento há três anos, e eu sabia como essa festa era importante para ela. Já tinha me contado que, quando casou, não houve comemoração. Resolveram tudo no cartório. O evento foi comunicado aos amigos por um cartão de participação. Ela havia se arrependido de não realizar o sonho de uma festa. Agora era sua chance. Enquanto ela falava, pensava em como eu havia fracassado no meu relacionamento com Carlos; não durou mais de dez anos. Mas era hora de me concentrar e cuidar dos balões em formato de coração. Deveriam ser distribuídos para os convidados durante a dança do casal. Segui anotando tudo na agenda, cuidando para não esquecer nenhum detalhe.

Quando nos despedimos, a cliente reforçou:

Não esqueça. Quero te ver por perto na cerimônia. Para tudo correr bem.

É claro que estarei lá, garanti, vou verificar tudo pessoalmente. A festa sairá perfeita, conforme o contratado. Despedimo-nos e ela abriu um sorriso enorme, o que me fez sentir confiança.

No caminho de volta para casa, a confiança foi indo embora: e se eu estivesse mesmo doente? Lá fora, preparava-se um temporal. As árvores chegavam quase a dobrar-se; folhas esvoaçavam frente ao para-brisa. Tinha que chegar logo para não pegar chuva.

Perto de casa, veio à cabeça que deveria contar para Renata. Tínhamos que conversar para ela me ajudar a contar para as outras amigas e para minha família. Estacionei o carro na garagem, quase ralando a porta do lado direito na coluna. Ainda bem que não bati; seria mais um aborrecimento. Ao abrir a porta de casa, não vi Beka nem Mia. Elas, que sempre estavam no sofá da sala de TV. Naquele dia não havia ninguém. Nem mesmo Lourdes estava por ali. Peguei o celular para ver se haviam deixado mensagens. Onde estariam?

Ouvi um barulho. Era Lourdes, entrando pelos fundos. Correu para fechar as janelas. Perguntei-lhe onde estavam as meninas. Beka foi fazer um trabalho de escola na casa de amigos, e Mia ainda não tinha voltado do trabalho. Caminhei pelo corredor longo e escuro até o quarto e me atirei na cama. Tentei fechar os olhos, adormecer. Um vazio, uma dor estranha, um aperto; não queria estar assim, tão só.

# Corpo estranho

Recostada na cama, pernas estendidas sobre os lençóis de algodão amarrotados da noite anterior, olhei para a esquerda, onde o cobertor estava esticado, intacto. Prendi a respiração, contei os segundos e soltei o ar pelas narinas. Levei meus dedos até os mamilos como em um gesto involuntário. Acariciei-os de forma circular: eram macios e lisos, até que os dedos encontrarem um carocinho.

Permaneci como estava, mas a respiração se tornou ofegante, assustada com o achado. Não pude ignorá-lo; lembrei da voz de minha mãe, pouco antes de morrer, pedindo que eu me cuidasse. Dizia que só nós conhecemos o nosso corpo.

Minha mãe era vaidosa e louca por hábitos saudáveis. Nunca deixou de fazer exames. Aos 60, teve a aorta rompida. Foi horrível, mas era melhor morrer assim rápido, sem sofrer.

Levantei devagar, as pernas estavam pesadas, os chinelos escorregavam no piso encerado do corredor. Chamei por Lourdes, que apareceu logo, preocupada com minha demora em sair do quarto. Pedi que me trouxesse o celular. Precisava marcar consulta ginecológica, e havia escolhido uma clínica nova, mais perto de casa. Ao ligar, minhas mãos suavam, hesitantes. Pedi urgência e consegui um encaixe para o final da tarde. Era melhor tirar a dúvida sobre aquele corpo estranho dentro do meu peito.

Voltei aos afazeres e procurei não pensar no assunto, me distraindo com cálculos de contas a pagar. Pensei em ligar para Renata ou Lúcia, contar sobre a consulta, mas desisti. E se não fosse nada? Melhor ir sozinha.

Ao preencher a ficha na sala de espera, lembrei que há menos de um ano eu havia passado pela ginecologista do Itaim, realizado exames, inclusive o de mamografia. Por um instante, achei exagero estar ali. Chamaram meu nome e fui em direção à última sala, onde, ao invés de mulher, me esperava um homem baixo, traços orientais. Estranhei, pois sempre dei preferência para ginecologistas mulheres. O que era bobagem. Na minha urgência, o importante era alguém para me dizer que aquele caroço não era nada. Olhei para as mãos do doutor: pequenas, pareciam suaves. Deitada na maca, desejei ter pedido para alguém me acompanhar. Estava com um médico que nunca tinha visto antes. Quando ele começou a me apalpar, falei do caroço e indiquei o local.

— O que achou, doutor?

— Tenho quase certeza de que não é nada. O formato é bastante regular.

— Será preciso fazer exames para confirmar? — indaguei, liberando o ar dos pulmões.

— Lógico, vamos repetir a mamografia e fazer um ultrassom. Assim que eles estiverem prontos, retorne.

Quando saí do consultório era quase noite; ainda bem que estava perto de casa. Apressei-me. Na garagem, voltei a pensar no caroço. Se os exames revelarem algo sério, como contarei a Mia e Beka?

Encontrei o apartamento escuro e com as janelas fechadas, como se não houvesse ninguém. Bati na porta desejando não estar sozinha naquele momento. Lourdes apareceu me perguntando como tinha sido no médico.

— Ele precisa averiguar — respondi.

Entreguei-lhe as requisições para que marcasse os exames. Pedi urgência. Fui para o quarto, deitei-me, ajeitando os travesseiros, liguei a TV. Passava uma competição de culinária. Se Mia estivesse no programa, qual prato iria inventar para vencer? Ela era criativa, haveria de sair-se bem. Já eu não conseguiria sequer uma classificação. Nem no programa, nem fora dele. Talvez eu seja ruim em tudo.

Meu travesseiro ensopou. Estava afastada de minhas filhas devido às horas que passava trabalhando. Madrugadas acordada, antes e durante os eventos. Aos domingos, estava tão cansada que mal tinha vontade de me sentar à mesa com elas.

Já passava das oito da noite e nada delas darem notícias. Mandei várias mensagens pelo celular, que ficaram sem resposta. Não conseguia dormir, pensando onde as meninas estariam.

Comecei a escutar minha respiração. Lembrei de quando me deitava no colo da minha mãe. Sua barriga, um pouco saliente, acomodava meus ouvidos. Se eu pudesse, queria voltar a ser um feto, nadar em minha mãe como um peixinho, alimentar-me do que ela provia. Seria mais fácil. Gostava de sentir meu nariz afundar em suas roupas de seda, cheirando a perfume francês. Poderia ficar por horas ali, na mesma posição. Meu único medo era de ter um irmãozinho. Não sabia se conseguiria dividir esse amor.

Aos 4 anos, já sabia que desejava tê-la só para mim. Quanto mais tinha esse pensamento, mais colocava meu ouvido perto de sua barriga, como um estetoscópio à procura de batimentos cardíacos. Nada escutando, adormecia.

De volta à cama, meu corpo procurava algo em que se encostar. Me dei conta de que faltava alguém naquele quarto e na minha vida. Olhei para o lado e peguei o celular. Enviei uma mensagem a minha irmã perguntado se ela estava bem. Queria falar que tinha ido ao médico. Contar sobre o caroço. Melhor que fosse pessoalmente. Perguntei se ela poderia tomar um café comigo. Mas

Paula também não respondeu. Deveria estar ocupada com os filhos e o marido.

Na manhã seguinte, ouvi alguém sair de meu quarto na ponta dos pés. Tive a impressão de ser Mia. Beka entraria ruidosa, batendo a porta atrás de si e acendendo as luzes. De olhos fechados, fingindo ainda estar dormindo, tentei descansar mais um pouco. O corpo ainda estava dolorido. Levantei minutos depois. Queria saber se Beka tinha ido para o colégio. Melhor começar o dia, tinha muitos afazeres

Levantei e fui até o banheiro. Vi, pelo espelho, o cabelo embaraçado. Era o reflexo de minha vida. Por um instante desejei estar num livro de romance, daqueles do século passado, bem longe dali. Apertei os olhos e me segurei para não chorar. Lembrei que havia tempos que não pegava num livro. Tinha deixado os livros de lado. Carlos não gostava de ler; preferia filmes de ação e fazia questão de minha companhia. Jamais gostei desse tipo de filme, mas para agradar, esquecia minhas preferências e o acompanhava. Acabava dormindo.

Na fazenda, eu adorava dormir com minha avó. Ela lia histórias para que eu caísse no sono, talvez desejando que eu não escutasse seus roncos assustadores. Algumas vezes, ela inventava finais novos, ou colocava-se como personagem e eu acreditava, como na mais pura verdade. Me sentia importante por ter uma avó tão sábia. Imaginava que um dia eu também poderia fazer parte daquelas histórias, e ficava encantada com a ideia.

Aquele, era um mundo mágico, onde os problemas acabavam a cada ponto final. Talvez estivesse aí a razão do encanto: não precisar lidar com as brigas de meus pais ou com as dificuldades na escola.

Naquela época, eu não conseguia acompanhar as matérias. As letras pareciam uma dança fora do ritmo, da qual eu não compreendia os passos; um quebra-cabeças cujas peças não se encaixavam, não faziam sentido. Juntá-las era impossível. Meus primos, aos 7 anos, já sabiam ler. Por isso, eles não se interessavam em ouvir a nossa avó. Minha mãe contava que meu primo mais velho aprendeu a ler pouco antes de completar 5 anos, e eu, aos 8, sequer juntava as sílabas.

Sem ter o que fazer nas aulas, aprendi a ler as pessoas. Prestava atenção em seus olhos, em seus gestos e sabia dizer se estavam alegres ou tristes, antes mesmo de qualquer palavra. Na época não havia diagnóstico preciso sobre a dificuldade de leitura. Meus professores pediram aos meus pais me levarem a pedagogos e psicólogos. Eles acreditavam ser uma disfunção ligada ao cérebro e chegaram a pensar num retardo, o que fez minha mãe ficar muito preocupada e me levar a diversos especialistas.

Ao sair do banheiro, abri a porta e dei de cara com Beka, no corredor.

Esbarrei nela sem querer.

— Tá louca, mãe? Até parece abobalhada, sem saber por onde anda.

Queria ter condições de lhe dizer que aquele não era o modo certo de falar comigo, mas preferi sair quase correndo, em direção à cozinha.

Bati a porta do corredor esperando que ela fosse me pedir desculpas. Engoli o café, molhando o pires com o excesso. Voltei ao quarto para me trocar. Ela apareceu e disse, de supetão, que iria passar um tempo na casa do pai. Já tinha falado com Carlos e ele havia concordado. Como era o dia de fazer os exames da mama, não discuti. Também não contei a ela sobre os exames, com medo de que, eu pedindo, ela se negasse a me acompanhar. Sem dizer uma palavra, peguei a chave do carro e saí.

Cheguei ao laboratório tão perdida como a garotinha de 7 anos frente ao teste de leitura aplicado pela professora. Queria gritar, sair logo dali, mas esperei até ouvir meu nome, e me dirigir à sala da mamografia. Enquanto a máquina apertava meus seios, não ousei perguntar o que a médica achava. Voltei para a sala de espera até o momento do exame de ultrassom. Na maca, deitada, enquanto a médica deslizava o aparelho pelas mamas untadas de gel, perguntei se havia algo de errado no nódulo.

— Acho que seu ginecologista irá pedir uma biópsia, uma mamotomia. Se ele solicitar, indico fazer em laboratório especializado.

— É algo grave? — perguntei ainda com esperança. Mas ela apenas pediu que eu marcasse o retorno com o ginecologista, o mais rápido possível.

No saguão, enquanto eu tomava um café, uma jovem chegou, trazendo uma senhora idosa apoiada em seu braço; sentaram-se no mesmo sofá em que eu estivera, antes de ser chamada para os exames. Lembrei da minha avó e senti culpa por nunca a acompanhar nessas ocasiões. Quando ela adoeceu, eu tinha 20 anos e os meus interesses giravam em torno de mim mesma e dos meus amores. Pensei em minhas filhas e no quão distantes estavam do meu momento. Talvez eu devesse tê-las alertado a respeito do possível diagnóstico. Talvez não.

Precisava contar para alguém. Ao chegar em casa, liguei para Renata e relatei minha aflição pela suspeita de ter câncer de mama. Ela ficou muda. Talvez não tivesse a palavra para me confortar. Cheguei a pensar que a ligação tivesse caído.

— Era uma noite sem claridade. Não dava sequer para ver a lua pela janela. Entrei no quarto e pensei em ligar a TV. Precisava ouvir um som. Qualquer voz era bem-vinda.

O hábito de assistir televisão antes de dormir começou ainda com Carlos. Ele não dormia sem uma tela ligada. Aquele som invasivo, bem na hora de nos deitarmos, me tirava o sono. Sempre ouvi da minha mãe que lugar de TV é na sala. Mas Carlos era o dono do controle, o senhor dos canais. Trocava-os com a rapidez de um predador. Eu não conseguia assimilar nenhum programa. Só me restavam os ruídos. Me virava, por horas, na cama, procurando alguma forma de dormir.

Precisava de coragem para contar sobre os indícios de que eu poderia estar com câncer. Talvez fosse melhor falar apenas da biópsia. Mandei uma mensagem no celular para Paula. Sem resposta, fui até a cozinha, estava vazia. Lourdes deveria ter levado a cachorrinha para passear. Lembrei-me do dia em que fui, com minhas filhas, buscá-la no canil. Tão pequena, parecendo uma bolinha de neve. Corria de um lado para outro, sem parar. Quando nos viu, abanou o rabinho e veio em nossa direção. Me apaixonei. Nos apaixonamos. Perguntei por que ela ainda estava ali, sendo tão bonita e sociável. O criador me contou que um casal com um filho especial a havia levado, antes. Mas, por ser ela muito agitada, trouxeram de volta. Sorte a nossa. Mia escolheu o nome Chanel e assim ficou, apesar de eu nunca ter gostado desse nome, ou sequer achar que combinava com ela. De qualquer forma, era o de menos, Chanel veio para nós em um momento difícil; foi um presente de Paula, que era amiga do criador e achou que um cãozinho poderia alegrar nossas vidas.

Mia tinha 12 anos quando começou a sofrer convulsões. Pela primeira vez me vi sem chão. Lembro de não saber como agir. Ligava para todos os conhecidos, em busca da indicação de um médico capaz de cuidar de Mia. Depois de muitas ligações, cheguei ao nome do doutor Erasmo, neurologista pediátrico. Tivemos uma primeira consulta, na qual ele foi muito paciente, olhou os exames anteriores e pediu testes mais especializados. Uma semana depois, entreguei o envelope do exame lacrado sem imaginar o que poderia estar escrito. Quando doutor Erasmo disse que Mia estava com um tumor no cérebro, uma nuvem de fumaça envolveu meu corpo, meus olhos cegaram, senti-me sufocar. Queria estar no lugar dela.

Liguei para Carlos que, na época, morava na praia. Precisava dele para tomar decisões importantes como a escolha de quem iria operá-la. Não poderia decidir sozinha. Ele veio e, juntos, pesquisamos, por vários dias, sobre neurocirurgiões; tínhamos que fazer a escolha certa. Chegamos em dois nomes, com ótimas indicações.

O primeiro, tinha sobrenome libanês. Ele nos disse que o caso era muito grave. Precisaria de quinze dias na UTI. Voltei a ficar fora do ar. Depois rezei e lembrei de minha mãe. Supliquei por ajuda, como se ela pudesse fazer algo. Pedi uma luz divina para fazermos a melhor escolha.

Marquei consulta com outro médico. Ele nos ouviu, examinou os laudos e nos explicou com calma o que pretendia realizar, caso fosse o escolhido.

Ao sair, na sala de espera do consultório, ouvi alguém me chamar:

— Lembra de mim? Sou amiga da sua mãe.

Olhei para ela, incerta. Não fazia ideia de quem fosse.

Ela continuou dizendo que minha mãe e ela viajaram juntas, dois meses antes de minha mãe falecer e que ainda sentia muito a falta dela:

— Não é fácil entender como uma pessoa tão alegre e jovem vai embora desta vida. Do coração, eis uma morte que eu não entendo — secou uma lágrima. — É bem como disse o poeta, um dia você está, no outro não está mais.

Eu não queria escutar sobre morte naquele momento. Minha cabeça flutuava, a voz daquela senhora foi ficando distante, mas ainda pude escutar:

— Coisa boa não é — e me estendeu um cartão. — Me liga mais tarde.

Eu, num gesto automático, dei o meu cartão a Margarida, o nome da senhora, e fui embora com Carlos. Não iria procurá-la.

Já era noite quando Margarida ligou e me contou em detalhes que tinha sido operada pelo doutor Marcos de um tumor na cervical, fazia três meses e que estava ótima. Insistiu para que eu não tivesse dúvidas sobre a capacidade dele. Aquela conversa não era uma coincidência. As preces foram ouvidas. Minha mãe, de algum lugar, pôde dar sua opinião. Foi nisso que acreditei. Carlos concordou e escolhemos o doutor Marcos. Em seis meses Mia já estava recuperada.

Ouvi latidos, deviam ser de Chanel chegando do passeio com Lourdes. Enquanto mordia uma torrada com geleia, recordei de quantos cafés tomei com minha mãe. Ela amava lanches no meio da tarde. Ainda sentia falta dela, mesmo depois de dezessete anos. Fechei os olhos para trazê-la à memória. Senti o perfume de rosas misturado ao cheiro dela. Desejei naquele instante esquecer a sensação que me perseguia desde a consulta com o médico especialista. *Você tem um mastologista?* A pergunta continuava ecoando. Chanel pulou em minhas pernas. Queria um pedaço de torrada. Mesmo depois de ganhar, ela não parou de pedir. Queria sempre mais.

Filhos também querem sempre mais do que podemos dar, e as mães vivem preocupadas. Estaria Beka bem adaptada à nova escola, perto da casa de Carlos? Não era boa aluna comigo por perto. Sentiria saudade de mim? Beka havia partido sem me dar maiores detalhes do que a levou a tomar tal decisão. Mia estava de emprego novo, num banco, e não tinha tempo para nada. Muitas vezes ia direto para a faculdade e acabávamos nos vendo pouco.

Escutei a voz de Lourdes, truncada, falando de um jeito que eu mal conseguia ouvir. Disse que Beka havia ligado e pedido para separar roupas, objetos de uso pessoal e ressaltou:

— Não esquece de pegar seu babyliss e a chapinha.

Passaria mais tarde, na portaria, para pegar. Podia ter ligado para mim. Parecia não querer me ver.

Decidi que eu mesma entregaria as coisas para ela. Esse seria um jeito de encontrá-la. Tínhamos tantas coisas para conversar. Falar da biópsia, naquele momento, não seria uma boa ideia. Caso a doença se confirmasse, aí sim, teria que contar.

Fui até a cozinha, mas voltei para o quarto, sem

vontade de enfrentar as tarefas do trabalho. Deitei-me, estiquei as pernas sobre o lençol, como quem busca algo para se apoiar, até que os dedos dos meus pés tocaram os pés da cama. Senti alívio, mas logo fui tomada de novo pelo medo. Troquei de travesseiro e afundei o rosto à procura de bons pensamentos; virei de lado e encolhi as pernas, buscando a posição fetal. Aos poucos, fui tomada por uma paz antiga e boa, julgando estar no colo de minha mãe.

Acordei com um barulho infernal. Demorei para entender que era o interfone. Não queria me levantar, mas o toque se repetia. Meu corpo cansado me mandou ficar. Do quarto, ouvi Lourdes dizendo para subir. Em minutos, Beka abriu a porta do quarto, e me disse *oi*. Entendi que estava com pressa. Tentei mexer as pernas, mas fiquei quieta, mesmo quando ela abriu as portas do meu armário, procurando algo. Pegou uma sacola. Quando percebi que ia embora, perguntei:

— Por que não responde minhas mensagens, filha, e nem atende o celular? Tenho coisas importantes para falar.

— Agora não dá, mãe. Não está vendo? O papai está lá embaixo, esperando. Outra hora falamos.

Bateu a porta ao sair, e logo eu ouvi os movimentos no quarto dela. Deveria estar pegando roupas limpas. Saiu sem se despedir, com os mesmos passos largos de sempre.

Uma rajada de vento úmido bateu em meu corpo. Seria mais um dia de chuva? Senti minha garganta arranhar, as amígdalas doerem. Poderiam estar inflamadas; talvez estivesse doente. Fui até a janela da sala. Do oitavo andar, avistei o carro de Carlos saindo. Queria gritar, mas tinha consciência de que a voz seria engolida pelos barulhos da rua. Olhei para as pessoas na calçada, algumas carregando sacolas de supermercados e guarda-chuvas fechados.

Na fazenda, gostava de sentar sozinha no chão da sacada da sala. Era uma área isolada do resto da casa, onde não passava quase ninguém, a não ser muitas fileiras de formigas. Ficava observando-as por muito tempo. Como eram ligeiras, disciplinadas. Em filas, carregavam seus alimentos. Eu, naquela época, me sentia de alguma forma semelhante a elas: não ousava contrariar as ordens de minha mãe. E, ao mesmo tempo que admirava as formigas, também as odiava por fazerem somente aquele trabalho, por toda a vida delas. Quando mc batia a revolta, tentava bloquear a fileira, colocando um galho ou uma folha grande no caminho das formigas. Elas desviavam e prosseguiam. Eu então tomava uma atitude radical. Escolhia uma formiga qualquer, apertando a traseira dela contra o chão até esmagá-la. Vê-la agonizando me dava uma sensação de alívio e, até, de poder.

Chegando mais perto, observava-a com o olhar de lupa. Apertava, então, a cabeça para dar fim ao sofrimento. As outras se espalhavam, e a desordem se instalava. De alguma forma eu as tinha feito acordar. Corriam em busca de outros horizontes, e eu suspirava em paz.

Da janela da sala, eu continuava a ver pessoas apertando o passo. Pareciam temer a chuva que agora caía imaginando-se, talvez, ilhadas entre uma poça e outra. Apesar de abrigada, eu me sentia presa entre o medo de uma doença grave e a insegurança de não ter mais como trabalhar.

Fechei os olhos. Aspirei o ar úmido, o cheiro do concreto e do asfalto resfriados pela chuva. Saí da janela e voltei para a sala, querendo sentir algo que me confortasse. Senti o cheiro do perfume de Beka. Corri para o banheiro dela, querendo ver se ela havia deixado alguma de suas coisas. Olhei para a bancada: alguns perfumes, desodorantes, escovas de dentes coloridas e pastas, fio dental quase no fim, um copo de metal gravado *Beka* e sua data de nascimento. Peguei um perfume dela e passei em meu próprio corpo. Em seguida, abri a ducha, entrei no box e esfreguei cada parte de mim para arrancar aquela essência e tirar todas as outras prováveis impurezas. Saí do chuveiro me sentindo purificada. Não me lembrei de jantar, nem de onde estaria Mia. Caí direto na cama, querendo voltar a ser filha, cuidada.

A voz melodiosa de minha mãe veio até mim: entoava a canção das noites de trovoadas. Escutei o refrão — *no céu azul, no azul do céu, as estrelas vão brilhar, os passarinhos a cantar, tudo vai passar, no azul do céu.* Mergulhei no calor daquela canção, criança que mama no peito. A manhã já ia pela metade, quando acordei. Olhei assustada as mensagens do celular, que já somavam muitas. Mas só uma me pareceu importante.

— Precisamos conversar a respeito de Beka — dizia Carlos.

Conhecia sua forma de se expressar; algo estava errado. Me enchi de coragem. Teclei para nos encontrarmos no shopping em frente de casa, no final da tarde. Ele concordou.

Tinha o dia todo para organizar as ideias. Mas o tempo passou rápido, cheio de afazeres no trabalho. Esqueci-me do encontro, fui direto para casa. Quando entrei, vi Mia no sofá da sala de TV. Me sentei ao seu lado, calada, como se o mundo tivesse cavado um buraco entre nós. Inspirei e soltei o ar preso no peito doído. Minha vista se encheu de pontos escuros, que dançavam entre a imagem dela e o sofá.

— Você já sabe, né? — falou com um ar de deboche. Eu presumia, mas preferi me fazer de desentendida.

— Terminei meu namoro. Agora acabou de vez.

Quis perguntar a razão mas ela não deixou. Levantou-se para desligar a TV e saiu sem se despedir. Permaneci no sofá, imóvel, pés grudados ao assoalho escuro. As bolas pretas aumentaram, tomando conta da visão. Fechei os olhos, os sons de fora não chegavam, apenas um tumulto interno, me dizendo o quanto estava afastada da vida. O mundo me era estranho. Senti como se não tivesse um lugar. Nem enxergava o futuro. Lembrei do encontro com Carlos: como pude esquecer? Peguei o celular para me desculpar. Sem bateria.

Ah, o meu pai, quanto eu ansiava por sua chegada para o jantar! Quase sempre sentada na sala, em frente à televisão ligada. Ele chegava nas pontas dos pés, me pegando de surpresa. Em vez de me dar um beijo, mordiscava-me as orelhas, como um cachorro brincando com seu dono. Eu achava graça. Me jogava no chão e rolávamos no tapete até minha mãe anunciar o jantar. Depois que Paula nasceu, as brincadeiras passaram a ser um privilégio dela; eu, como a mais velha, fiquei com a incumbência de ser uma segunda mãe, função na qual eu não via graça nenhuma.

O tempo andou e eu havia me tornado uma moça inteligente, como reconhecia meu pai, de peito inflado. Durante os jantares, compartilhávamos não só o alimento, mas as lembranças dele, expressadas com emoção: teve uma infância difícil, infeliz, e lutou muito para chegar ao cargo importante em um grande banco. Eu me orgulhava de sua posição, do homem importante que havia se tornado. Queria recompensá-lo de alguma forma, sendo merecedora de um lugar naquela família. Mas, antes que eu pudesse mostrar meu diploma da USP, graduada em História, ele sofreu uma queda terrível, e me deixou órfã aos 20 anos.

Afundada no sofá, voltei a sentir o mesmo vazio do dia em que meu pai morreu. O sofá sem Mia, o armário com espaço sobrando no quarto de Beka... seria eu capaz de suportar, ainda, uma doença? Fiquei ali por algum tempo, como se a imobilidade me protegesse.

# Biópsia

Naquela manhã, ao me levantar, os pés pareciam grudados no chão. Fui até a cozinha, onde Lourdes já estava. Notei que ela queria me falar algo, mas não dei chance. Tomei o café em um ritmo mais lento. Passei geleia nas torradas, pensando em quanta falta minha mãe me faz; ela seria a pessoa ideal para me acompanhar na biópsia. Minhas filhas não estavam disponíveis nem sabiam do exame. Restou-me pedir ajuda à minha irmã. Paula se prontificou, para meu alívio. Escutei a voz de Lourdes atender o telefone e dizer que eu já estava quase pronta. Por certo, era minha Paula. Melhor correr, pensei. Com gestos mecânicos, acabei de me vestir, passei o batom e peguei o elevador.

Na calçada, avistei o carro prata de Paula. Era grande demais para ela, tão baixinha — talvez fosse essa a graça. Entrei naquele carrão cheio de coisas espalhadas, cheirando a suor dos meninos, depois do futebol.

Ela vestia uma roupa de tecido mole, desengonçado, e seu cabelo estava meio preso e meio solto, brigando contra um prendedor.

Paula perguntou de Mia e Beka. Menti, dizendo que estava tudo bem. Contei que Beka decidiu passar um tempo na casa do pai para ter mais contato com ele. Minha irmã balançou a cabeça, reprovando a ideia. Eu quis argumentar, falando que era bom para ela ficar mais próxima do pai, mas não disse.

Sabia que muito da rebeldia de Beka era por causa de nossa relação; eu estava distante de minhas filhas, o que me fazia sentir em frangalhos. De qualquer modo, não queria discutir sobre esse assunto com minha irmã, naquela hora.

Durante o caminho, não falamos sobre o exame. Paula contava sobre a vida atribulada com os meninos. Andavam mal na escola e ela tinha que estudar com eles. Pensei quando teria sido a última vez que havia estudado com minhas filhas e no quanto Paula e eu éramos diferentes no quesito mãe. Talvez eu tenha nascido sem esse *chip H*. Talvez.

Entramos no hospital como quem vai a um shopping, conversando sobre amenidades, olhando vitrines. Reparamos que havia uma loja nova da Kopenhagen: era uma boa hora para comer uns chocolates e aumentar a serotonina. E o meu jejum? Depois da biópsia, quem sabe? O horário estava justo. Tomamos o elevador que nos levaria ao andar do exame.

Nos identificamos na recepção e fomos encaminhadas para uma sala onde a enfermeira me orientou a aguardar o doutor. Aquele momento era angustiante, mas não disse nada a Paula. Ela parecia calma e eu não queria que soubesse como me sentia. Na saleta, dois quadros com paisagens de praia. Água azul turquesa, poderia ser das Maldivas, onde minha irmã passou a lua de mel. Nem esse pensamento quis dividir com ela. Ao telefone, Paula ajudava seu caçula a fazer contas. Eu não poderia ensinar ninguém a fazer contas; matemática era minha pior matéria. Ouvi a voz da enfermeira nos chamando, pois a presença de minha irmã na sala de exames era necessária. Cutuquei Paula, que desligou o telefone e me acompanhou a outra sala onde me entregaram um chinelo e uma camisola aberta na frente, estampada com o logo do hospital. Tirei minhas roupas e guardei-as no armário de metal, vesti o avental e entreguei a chave do armário para Paula; sempre fui especialista em perder chaves. Deitei-me na maca. Paula, calada, sentou-se em uma cadeira, observando a enfermeira. Quando o especialista entrou, olhei seu rosto jovem e o ar responsável de alguém capaz de realizar bem aquele exame que, pelo maquinário ao lado, não parecia nada simples.

— A mamotomia será guiada pelo ultrassom, não pelo mamógrafo. Tudo bem para você? — perguntou.

— Tudo — respondi, como se entendesse a diferença.

Enquanto o doutor realizava a biópsia, perguntei se ele poderia me adiantar alguma coisa sobre o exame.

Ele continuou por alguns segundos, concentrado, depois perguntou:

— Você já tem um mastologista?

— Não — sussurrei, um pouco atordoada com a palavra. Na verdade, era a segunda vez que ouvia a respeito dessa especialidade.

Ele orientou que eu procurasse um o mais rápido possível. Enquanto eu sentia a dor da agulha perfurando o nódulo, ele listava uma porção de nomes de mastologistas do hospital. Não guardei nenhum nome, apenas compreendi a delicadeza da situação. Minha irmã continuava muda. Não sei se por entender a gravidade ou pela minha cara de dor. Talvez por ambos.

Depois, senti uma dor aguda, devia ser o bisturi puxando um pedaço do caroço. Não reclamei, sabia que era necessário o exame. Na cabeça, ouvia a voz de minha mãe falando que, nas horas difíceis, devemos ser fortes e aguentar qualquer dor. Talvez eu não quisesse ser forte. Quando terminou o exame, o médico me disse que pediria o resultado para sexta-feira. Eu estava sentindo muita dor no seio esquerdo; lembro de uma fisgada forte chegar até o coração; pelo menos era o que imaginava estar acontecendo.

Paula e eu fomos, caladas, pegar as roupas. Quando joguei o avental no cesto, desejei nunca mais ver aquela peça. Atravessamos o hospital sem olhar para os lados e nem lembramos dos chocolates. Fizemos todo o caminho de volta em silêncio, até chegarmos em frente ao meu prédio.

— Assim que marcar o mastologista me avisa, vou com você — disse Paula, antes de nos despedirmos.

Em casa, só queria me deitar. Chamei Lourdes, que logo me acomodou na cama, pegando mais travesseiros. Ainda com as dores do exame, pedi que trouxesse o analgésico líquido, que era forte e ao qual eu não tinha alergia. Tomei em um gole e tentei dormir.

O peito dolorido me fez lembrar de quando meus seios despontaram. Eu devia ter de 11 para 12 anos. Eram duas bolinhas, duras e doloridas. Não mais aquela gordura molenga que não incomodava. Agora, eles faziam-me sentir mal nas aulas de ginástica, ou quando eu corria no pátio da escola com uma blusa mais solta.

Minha mãe, ouvindo as queixas e vendo a transformação, tratou de comprar sutiãs para mim. No início, estranhei. As alças incomodavam, o fecho era difícil de encaixar, e eu me sentia desengonçada. Conforme o volume aumentava, os sutiãs se tornavam indispensáveis em meu guarda-roupa.

Na grande cama de casal, meu peito continuava incomodando. Não conseguia pegar no sono, apesar de exausta. Gritei para Lourdes. Pedi outro remédio. Ela me trouxe o comprimido e água.

# A espera

Na manhã seguinte, preferi pensar que os exames não acusariam nada de ruim, e que o nódulo na mama esquerda não seria maligno. Talvez a secretária do médico tivesse exagerado ao me ligar tarde da noite, pedindo urgência na consulta. Por certo um mal-entendido. Decidi cumprir com as funções da manhã, fui ao supermercado, ao banco e, conforme o combinado por telefone, Beka viria, naquela tarde, para irmos ao fotógrafo escolher as fotos de seus 15 anos. Isso é que era importante e urgente.

Do estúdio, liguei para o laboratório e solicitei enviarem, por e-mail, o resultado da mamotomia. Alegaram que seria necessária uma análise complementar. A partir disso, não consegui olhar mais foto alguma. Liguei para Paula e confirmei nosso encontro, mais tarde, no mastologista.

Ao sair do fotógrafo, deixei Beka em um ponto de ônibus, para ela retornar à casa do pai. Quando dei por mim, já estava em frente à clínica, no Itaim.

No elevador, apertei o número 16. Paula me aguardava junto à porta de vidro onde estava escrito: Mastologista. Os cabelos longos e embaraçados de minha irmã, se confundiam com a bata negra que vestia.

Ao me ver, abraçou-me, e aproximou o rosto para um beijo. Entramos, a secretária nos atendeu e pediu desculpas, pois o doutor estava um pouco atrasado nas consultas. Sentamo num sofá, e Paula desandou a falar: contou dos filhos na escola, do cachorro arteiro, reclamou da falta de tempo até para comer. Sem saber o que falar, fiquei apertando os joelhos com as mãos. A vontade era de me deitar no colo dela, como uma criança que busca a mãe. Por um momento, tive a sensação da presença de minha mãe, e isso que me confortou.

Permaneci imóvel no sofá, entretida na conversa com minha irmã. A espera estava se tornando longa. Folheei algumas revistas, em busca de distração. No meu pulso, o relógio de madrepérola mostrava um atraso de mais de duas horas. Olhei para minha irmã ao celular e lembrei que precisava responder a uma mensagem. Sem bateria no meu aparelho, peguei o carregador na bolsa e procurei uma tomada, mas a única que encontrei já estava em uso. Fui até o banheiro e, ao fechar a porta, parei diante do espelho. Ajeitei o cabelo e arrumei a sobrancelha. Era obsessiva em cuidar dos fios. Sempre que algum branco aparecia, eu corria ao cabeleireiro. Era um tal de pintar, hidratar e escovar sem fim. Meu corpo gelou por inteiro quando pensei que poderia ficar careca.

Voltei ao sofá. Queria ir embora e encerrar a espera. Pacientes e acompanhantes entravam, saíam, e eu permanecia ali. Meu estômago começou a reclamar. Era fome. Na bolsa, não tinha nem um chiclete sequer; minha irmã também revirava a dela, procurando algo. Olhei para a atendente e ela ofereceu café e água. Paula tinha fome e quis sair para buscar um sanduíche. E se nos chamarem? ponderei. Ela hesitou e decidiu ficar.

Neste momento, uma das pacientes, aparentando uns 30 anos e cujo decote da blusa de seda mostrava um pouco os seios, perguntou-me se era a primeira vez no consultório e se ia operar logo. Parecia orgulhosa de seus peitos.

— Não sei ainda o que tenho — respondi.

Uma outra, bem mais velha, entrou na conversa: A pior fase é quando não estamos certas sobre nosso diagnóstico.

A primeira contou que havia operado há vinte anos, e que, durante todo esse período era o doutor Augusto quem a acompanhava. Tranquilizei-me com os elogios, imaginando que o mastologista deveria ser competente e cuidadoso.

No sofá em frente, bem ao lado da jovem, havia uma paciente de mãos dadas com o marido. Aparentava ter 40 e poucos anos e trajava um jaleco branco, de médica. Ao contar sua história, usava termos técnicos e falava a respeito das perguntas que fazia ao doutor. Por mais conhecimento que demonstrasse, seu tom de voz era apreensivo. Fui ficando cada vez mais confusa, com tanta informação. Melhor não escutar mais. Fiquei aliviada quando uma delas foi chamada e a conversa acalmou. Aproveitei para pedir mais um copo d'água. A única história que eu queria ouvir era a do médico.

Chamaram meu nome e fui encaminhada a um pré-atendimento, onde uma médica, com semblante familiar, me aguardava sorrindo. Olhei o sobrenome no crachá e deduzi que ela podia ser filha do cirurgião plástico que me operou das mamas, dez anos antes.

Paula e eu nos acomodamos nas cadeiras em frente à mesa e fui bombardeada por perguntas que eu não sabia responder:

— Como é o histórico de doenças familiares? Pai ou mãe com câncer? Algum de seus avós?

Não conseguia responder. Eu, que esperava tantas respostas, não era capaz de dar a ela as informações mais simples.

— Sua mãe está com os exames em dia?

Por fim, consegui falar:

— Sou filha adotiva e não sei nada sobre minha família biológica.

Eu devia ter pouco mais de 5 anos quando cheguei em casa eufórica por ter descoberto que uma amiga ia ganhar um irmãozinho. Perguntei à minha mãe se ela também tinha um nenê a caminho, embora não gostasse nada da ideia. Ela me contou que não podia ter filhos vindos da barriga. Explicou que, se um dia eu ganhasse uma irmã, ela seria filha do amor, vindo do lado esquerdo do peito, assim como eu. Não entendi bem o que aquilo queria dizer, percebi apenas ser diferente das outras crianças. Por um tempo, fiquei pensando como poderia caber um nenê no coração.

Eu tinha 6 anos e meio quando o telefone tocou anunciando que minha irmã havia nascido. A mãe biológica não tinha condições de criá-la e, por isso, minha mãe outra vez seria mãe de coração. E assim foi também com meus tios, tanto por parte de pai como de mãe: todos adotaram crianças; uns por não poderem ter filhos, outros por escolha. Isso passou a ser natural na família e nunca mais me senti diferente por esse motivo.

Outra pergunta da médica me trouxe de volta. Era sobre as cirurgias que eu já havia feito, o que me fez lembrar de quantas vezes já tinha sido internada e de quantas operações já havia feito. Não caberiam no papel, se tivesse de enumerá-las, todas. Contei de algumas, e Paula recordou de outras. Me sentia exausta só de pensar em quanto tempo já tinha passado em hospitais e no medo crescente que tinha de cirurgias. Olhei para as mãos. Unhas longas com esmalte avermelhado. Comecei a raspá-lo com os dentes. Foi a primeira vez que estraguei a beleza das mãos. E quando já não havia nenhum resíduo, o doutor Augusto entrou na sala. Vinha sorrindo, como se fosse ao encontro de uma pessoa querida. Devia ter uns 60 e poucos anos, e sem me dar conta, eu já confiava minha vida a ele.

Seu abraço me transmitiu confiança, e algo em seu jeito remetia ao meu pai. Envolta no abraço dele, toda a espera parecia ter valido a pena.

Ao se acomodar atrás da mesa, o doutor voltou a perguntar sobre a origem da minha família. Nunca imaginou sermos irmãs adotivas e discorreu sobre o quanto lhe parecia bonita a nossa relação. Perguntou se eu era casada. Respondi que estava recém-separada.

Enquanto relembrava da falta que Carlos me fazia ali, o médico me contou que teve acesso aos exames e que havia uma boa e uma má notícia. As suspeitas foram confirmadas: neoplasia maligna, ou seja: câncer. No entanto, o tamanho do nódulo permitia a operação imediata, sem ter que fazer quimioterapia prévia para a redução do tumor.

O diagnóstico multiplicou, em mim, as perguntas. O que está acontecendo? É comigo mesmo? Vou ficar careca? Eu, sem peitos? O que me resta de vida? O que fiz de errado para desenvolver essa doença? Por que comigo? Sem respostas, o estômago digeriu mal a notícia e ainda tive que engolir todas essas perguntas. A dor bateu no peito, se instalou bem ao lado do nódulo maligno. Já passava das dez da noite, mas ainda era necessária a realização do exame físico de toque das mamas, seguindo as orientações de doutor Augusto.

Durante o exame, o mastologista elogiou minha plástica de seios e perguntou quem havia feito.

Ao responder, pensei que o mesmo peito que já foi motivo de grande orgulho, agora era campo de incertezas. O mastologista lamentou ter que desfazer um trabalho tão bem feito. Concordei, dizendo que logo depois, queria uma reconstrução. Ele afirmou que isso não seria problema.

De volta à mesa do consultório, pensei na importância de minha irmã estar comigo. Muitas das explicações e detalhes técnicos eu não fui capaz de assimilar. Só me importava marcar a operação.

Mas o simples ato de entrelaçar as mãos sobre o estômago, apertando-o, fez com que o médico deduzisse que eu estava com fome. Abriu uma porta do armário, tirou de lá um queijo Polenguinho e bolachas. A geladeira, por sua vez, era uma miragem repleta de coca-colas — e zero, minha predileta — que eu bebia como se fosse água. Seria o refrigerante a causa do câncer? Vendo a geladeira do médico, descartei a hipótese.

Então, ele se levantou e nos disse para acompanhá-lo até a outra sala, onde, pegou minhas mãos, acolhedor e delicado, antes de me entregar os papéis dos exames preparatórios à cirurgia.

Era quase meia noite, quando Paula e eu descemos, pelo elevador, os dezesseis andares. Em silêncio, caminhamos até o estacionamento vazio e sem manobristas. De repente, minha irmã perguntou se eu tinha gostado da consulta e se eu não teria me precipitado, marcando a cirurgia. Mas eu estava convicta. Sem saber mais o que dizer, cada uma pegou seu carro e partiu. No caminho, parei numa farmácia e comprei um vidro de Rivotril, o primeiro de tantos que estavam por vir.

Em casa, Mia estava prostrada no sofá, assistindo à TV, em plena noite de sexta-feira. Estranhei não ver a Beka. Por um minuto, esqueci que ela estava na casa do pai.

Precisava contar a Mia o que se passava comigo. Pedi que ela desse uma pausa, queria conversar. De início, falei sobre assuntos gerais, buscando coragem para contar sobre a doença. Até que chegou o momento de falar sobre o câncer. Mia, cabisbaixa, me ouviu. Ao final, perguntou se eu teria que operar logo. Em dez dias, respondi. Nos abraçamos e assim permanecemos por um tempo. Ela não derramou nenhuma lágrima, o que me fez duvidar se havia compreendido a gravidade. Naquela noite, após nossa conversa, continuei imóvel no sofá, ao lado dela. Imaginei o que seria sua vida sem mim. Mas ao vê-la mergulhar na tela do celular, me recolhi ao quarto.

Fazia silêncio. Deitada, voltei a pensar no diagnóstico do doutor Augusto, e fiquei agitada. Melhor tomar logo umas gotas e cair em sono profundo.

Pela manhã, ao abrir os olhos, demorei um instante para entender que não era um pesadelo. Decidi me levantar e seguir em frente, obstinada a me livrar do tumor.

Eu, sentada à beira da cama, com os pés descalços à procura do chão para me apoiar, cocei os olhos e me perguntei se tudo o que estava acontecendo era mesmo verdade. Procurei o telefone, para marcar os exames pré-cirúrgicos. Os papéis entregues pelo médico, no dia anterior, me embaralhavam as vistas. Precisava pedir ajuda. Minha cabeça doía. Chamei Lourdes e perguntei se ela faria a gentileza de organizar os horários dos exames. Avisei que eles eram prioridade e, quanto antes os agendasse, melhor seria.

Voltei a pensar em minha mãe. Foram tantas as vezes que a levei ao hospital para realizar check-ups. Eu achava um exagero, mas a acompanhava, ano após ano. Ela imaginava que se podia prever as doenças. Mero engano. O médico jamais detectou nada de anormal em seu coração. Sempre julgou desnecessário fazer um exame mais específico. E ela morreu de repente.

Aquela lembrança me fez pensar se a morte repentina de minha mãe teria sido o começo do meu câncer. Eu sabia que, mesmo depois de dezessete anos, eu não conseguia aceitar a morte dela.

Em vez de ficar elucubrando, decidi ser mais objetiva e resolver o problema de arrancar o tumor do meu peito. Lourdes continuava agilizando os horários, incluindo encaixes que podiam ser feitos nos fins de semana.

Andei até a sala. Sentia falta de algo que não sabia dizer o que era. Os objetos pareciam estar fora do lugar. Mas, olhando bem, lá estava a caixa de rolhas, sobre o aparador, onde sempre estivera. Retangular, lembrava um livro antigo — presente de um ex-namorado.

Lourdes desligou o telefone e foi falando dos horários marcados e de como foi difícil organizar tudo. Pedi que escrevesse na agenda. Expliquei que não estava em condição de memorizar nada.

No dia seguinte, a caminho do hospital, pensei em quantas vezes faria o mesmo trajeto. Cansei. Depois de realizado o exame, fui à lanchonete, pedi um achocolatado com torradas e liguei para Lúcia com o pretexto de lhe contar sobre os exames. Ela me disse que viria para São Paulo me ver. Sua voz e a promessa de vir me acalentaram.

A desistência de alguém permitiu o agendamento da cirurgia no décimo dia após o exame, conforme o indicado pelo médico.

Até o dia da cirurgia, as noites brancas, os dias apavorantes. Todos os sentimentos misturados com o medo pré-cirúrgico. Meu estado de espírito oscilava entre os extremos de confiança e desespero. Os dias tristes encheram-me a memória de fantasias. Parei. Arqueie a espinha, temi não conseguir carregar o peso. Tinha que voltar para o mundo. Para as horas em frente ao espelho, carregando a dúvida quanto a comprar ou não uma peruca. Melhor esperar. Eu teria coragem de me mostrar ao mundo sem cabelos? Queria gritar, mas de nada adiantaria. Me contive. Pensei que seria mais fácil desistir da operação. Não, queria ser forte.

Peguei o celular, uma mensagem de Mia dizendo que não poderia estar comigo no dia da operação, tinha prova na faculdade. E Beka, como receberia a notícia de minha doença? Peguei o celular e mandei uma mensagem para Paula. Pedi que contasse para Beka sobre o câncer. Um problema a menos.

Eu devia ter uns 7 anos quando meu pai construiu uma pista de patins na fazenda. Feita de tábuas largas, bem lixadas, onde os *rollers* deslizavam perfeitos. Comprou patins de quatro rodas para mim e meus primos. O meu era o único cor-de-rosa. Será que ele sabia que eu não gostava dessa cor? Coloquei-os nos pés, apertando bem os cadarços. Não me lembro de alguém ter me ensinado a andar. Apenas subi, como se faz num cavalo, e deslizei sobre as tábuas, apoiando-me nas paredes da sala retangular, do porão, onde ficava a pista. Era pintada com cal e bem iluminada.

Foram alguns dias até que conseguimos nos equilibrar, perfeitos, sobre as quatro rodinhas. Vez ou outra um de nós se estatelava no chão. Em seguida estávamos de pé, arriscando novas manobras. Dávamos boas risadas. Minha mãe gritava da varanda: cuidado com os dentes! Eu nem ligava. Pegava mais e mais velocidade, meu pai gostava. Não tínhamos capacetes, nem joelheiras. Éramos livres de amarras. No fim daquelas férias me senti preparada para atuar no filme *Xanadu*.

No dia seguinte, acordei pronta para fazer a marcação tumoral, procedimento necessário na véspera da cirurgia. Paula me acompanhou. Foi me buscar em casa de carro. Paramos em frente ao prédio de fachada antiga do hospital. Uma placa indicava: Oncologia. Área sombria e inédita para mim. Fomos barradas na catraca.

— Só entra paciente oncológico — a funcionária disse, olhando para minha irmã.

— Sou acompanhante dela. O médico recomendou! — Paula estendeu a ela a requisição e a catraca se abriu.

O médico que nos recebeu era outro. Parecia um cientista de filme.

Poderia ser o *De volta para o futuro*. Rimos.

Ao chegar em casa, fui direto para o quarto. Lourdes já havia pegado a mala e colocado em cima da cama. Separei peças básicas, uma camisola comportada, um chinelo fechado, um par de meias de dormir e um batom cor de carne. Poderia estar frio. Era melhor colocar o roupão aquele com minhas iniciais. Lourdes me ajudou a dobrar. Eu estava sem paciência. Sentei-me na cama e peguei de novo o celular na esperança de ter alguma mensagem de minhas filhas. Nada. Olhei para o relógio, quase na hora combinada para Valéria vir me buscar para a internação. Ficaria comigo.

Ao chegar no hospital, olhei em volta para reconhecer o prédio. Um mensageiro apanhou minhas malas, como num hotel. O saguão enorme, mobiliário cheirando a novo, piso brilhando. Segurei a carteira do convênio, li meu nome e, pela primeira vez, agradeci. Peguei o elevador, contente por estar na ala nova.

Cheguei em frente ao quarto. Seria este, mesmo? Se fosse, não conseguiria pagar.

Ligamos para confirmar. Nunca tinha visto nada igual: uma antessala enorme com televisão, banheiro com chuveiro exclusivo para acompanhante, para não perturbar o doente. Eu e minha amiga rimos. Começou a contar histórias sobre viagens e quartos de hotéis. Nenhum tinha aquela metragem.

Dormi tarde, esquecendo-me de que estava num hospital. No dia seguinte, a visita do anestesista me acordou. Depois, as enfermeiras passavam de cinco em cinco minutos, medindo a pressão, a temperatura, dando comprimidos e fazendo perguntas. Não vi o doutor Augusto antes da cirurgia. Devia estar se preparando. Tomei um Dormonid e enrolei as últimas palavras antes de fechar os olhos.

# Afônica

Meus olhos estavam grudados, como se houvesse passado cola ao redor dos cílios. Não conseguia abri-los sem esforço. Ao me mexer na cama senti meu corpo também pesado, como se algo me amarrasse. Ouvi uma voz conhecida, talvez de Paula, pedindo para as visitas se afastarem do leito. Eram muitos amigos no quarto e todos me olhavam de forma estranha; senti um certo desconforto.

Um enjoo veio, súbito, e precisava vomitar todo o mal impregnado em meu corpo.

Vozes circulavam ao meu redor, o que não devia ser permitido naquele lugar. À medida que continuavam falando, o som entrava na minha cabeça como o espetar incessante de agulhas.

Reconheci a voz de Beka, falando alto como se estivesse numa festa; mastigava alguma coisa, fazendo barulhos constantes e ritmados, o que me incomodou, mas nada consegui dizer. Senti falta da voz de Mia. Certamente estava ali; talvez estivesse sem forças para falar.

Quando a enfermeira entrou e anunciou a hora do banho, me dei conta, pela primeira vez, que não conseguia realizar, sozinha, os gestos e ações mais corriqueiros. Paula pediu, outra vez, que as pessoas saíssem, antes de iniciar o banho. Conforme a enfermeira descobria as minhas pernas, barriga e braços, eu sentia mais frio. Olhei para baixo, queria ver meus peitos, mas eles estavam enfaixados. À proporção que passava o pano umedecido pelo meu corpo, eu tomava consciência de cada parte dele.

Avistei, na porta, alguém chegando com flores. Poderia ser Renata, ela amava flores tanto como eu. Da cama, pude enxergar que eram coloridas. Que bom: estava salva da monocromia do ambiente. E o perfume se espalhava pelo quarto como o aroma do campo num dia de sol na fazenda. Voltei a lembrar de minha mãe e do quanto queria ela por perto. Por segundos, achei que ela pudesse estar no quarto. Mas sabia impossível, isso.

Eu devia ter 4 para 5 anos e, no jardim, estávamos eu e minha prima Marília. O cheiro de água fresca das hortênsias predominava. Brincávamos livres, sem destino e, na hora de acabar, estávamos suadas de tanto correr. Foi quando avistei algo que para mim era uma coisa desconhecida, mas que, na verdade, era uma mangueira acoplada ao bico d'água que ficava nos fundos da casa. Enquanto eu tentava girar a manopla, Marília foi até a sede e pegou a banheira de plástico usada pelos bebês da família. Com a mangueira, tentávamos encher a bacia, mas, com a pressão, a mangueira, parecendo uma cobra furiosa, jogou água para todos os lados. Serviu para refrescar o suor sob as demasiadas roupas, impostas pelas mães nas manhãs frias de Campos do Jordão. A mangueira foi a nossa salvação. A água devia vir de alguma cachoeira, lá de cima das matas, mas poderíamos jurar que vinha de algum bloco de gelo. Tiramos toda a roupa já molhada, e jogamos no canteiro. Nossos pés descalços sapateavam no pequeno pântano. Lembro da sensação de prazer.

A temperatura da água não mais importava. Marília, com o sabão de pedra nas mãos, esfregava suavemente sua barriga, depois onde alcançava, as costas e, de repente, passou-os pelos meus mamilos, o que me fez sentir cócegas. Ríamos, às gargalhadas; o mundo era só nosso. Quando a espuma já havia coberto nossos corpos, nos atiramos na bacia, uma por vez, deitadas, como que recebendo o primeiro batismo. Momento mágico, que resultou em uma febre alta e a penalidade de nunca mais abrir aquela mangueira. Nossas gargantas inflamaram e, por isso, a dificuldade de comer alimentos sólidos.

Fomos salvas por nossa avó, ótima cozinheira, que preparou, em segredo, mingau, sopa de legumes colhidos da horta e sua especialidade: leite morno com canela, antes de dormir, como nos tempos de bebês. Nada mau.

No quarto, ainda com a enfermeira terminando de me vestir, vi Renata ao lado da cama com as flores nas mãos. Parecia sem saber o que fazer, ou falar. Paula ajudou-a colocando as flores na mesa lateral. Não podendo mexer os braços, esperei que a enfermeira secasse meus cabelos.

Mais tarde, uma ajudante de copa trouxe o meu almoço. Não estava pronta para receber a primeira refeição. O estômago, agredido pela quantidade de remédios, bloqueava o desejo por qualquer comida. A bandeja, posicionada sobre a mesinha, parecia à espera da primeira garfada, enquanto a náusea tomava conta de mim. Sequer tinha forças para reclamar. Paula, ao lado da cama, a colher na mão, empurrava-me a sopa goela abaixo. Meus braços, estendidos rentes ao corpo, estavam inoperantes. Eu, impotente, abrindo e fechando a boca, em movimentos mecânicos. Olhei ao redor para os rostos de meus amigos e familiares. Mia e Beka não estavam mais no quarto. Outros, iam e vinham. Chegavam, anunciando seus mimos: chocolates, bolachas, bolos e flores. Eu sabia o quanto era importante o apoio deles, embora, naquele dia e logo após a cirurgia, tantas visitas não fossem recomendáveis. Lembrei-me dos dias de nascimento de minhas filhas.

Voltei a olhar minha irmã, tentando me alimentar: parecia Susan Travers defendendo seu forte na Líbia, durante a Segunda Guerra. Dava ordens de comando aos outros soldados, para combaterem os inimigos. Na posição de cabo, eu obedecia, abrindo a boca para mais uma colherada. Quando o quarto silenciou, virei minha cabeça para a janela. Adormeci antes de saber se já era noite.

Meus braços permaneciam imóveis, um pouco mais pesados do que no dia anterior. O efeito da anestesia havia passado. Sentia-me como se uma prensa de asfalto tivesse rolado sobre mim. Pela primeira vez, desejei não ter feito o procedimento. Quis gritar, mas a voz saía como se estivesse afônica. Olhei para minha irmã — a postos, ao pé da cama — e ganhei forças para me manter calada.

A primeira visita do doutor Augusto depois da cirurgia era para ser algo animador. Veio sorridente, com um embrulho na mão. Por um minuto achei que fosse um presente. Minha irmã abriu era uma pochete. Explicou que seria confortável para colocar os drenos, e só nesse momento notei a presença deles. Eram dois canos transparentes saindo da faixa, um de cada lado. Em seguida, o médico pediu para que eu me levantasse. Foi necessária a ajuda de uma fisioterapeuta e o auxílio de um aparelho que emitia pequenos choques, para que meus membros fossem, aos poucos, se soltando. No final do dia, consegui dar os primeiros passos e, na volta, sentei-me numa cadeira com rodízios, na qual fui empurrada até o banheiro, para uma ducha. Necessitei da ajuda de uma auxiliar de enfermagem; ela me esfregava, cuidadosa, evitando molhar os curativos dos meus peitos. A água, caindo sobre mim, trazia ânimo.

Na manhã seguinte, o doutor Marcelo, o cirurgião que fez a reconstrução, desembrulhou delicadamente as gazes que envolviam meus seios. Por um instante esqueci qual o motivo da operação. Estava ansiosa para ver a mais nova aquisição.

À medida que as gazes eram retiradas, o volume delineado pelas próteses brotava do dorso, revelando o sucesso da cirurgia. Naquele momento não senti dor, e meu pensamento voou para além do quarto de hospital, lembrando a minha primeira cirurgia estética, em como tinha ficado feliz em realizá-la. Quando vi, o médico já havia refeito o curativo; eu me sentia confiante.

No terceiro dia, já arrisquei mais passos pelo corredor, sempre acompanhada por Renata, Lúcia, Valéria ou Paula, carregando meus drenos, amarrados à camisola. Dispensei a pochete. Caminhava lentamente, arrastando os chinelos. A parada era feita numa saleta entre as junções dos corredores, onde podíamos nos sentar, ou olhar pela janela, o que me dava um certo fôlego. No quarto dia, já conseguia caminhar até o banheiro, acompanhada. As visitas se tornaram fundamentais.

No quarto dia, o líquido dos drenos havia secado, indicando que eu já podia voltar para casa. Paula estava de saída para buscar os filhos, e eu, que necessitava de ajuda para tudo, pedi que ligasse para Mia. Antes, porém, que Paula terminasse de discar, ouvimos baterem à porta. Era Lourdes. Respirei. Estava salva.

# Um susto (ou O horror)

No dia em que voltei para casa, com Lourdes, a claridade, lá fora, ofuscava minha vista. Mantinha um olho fechado e o outro semiaberto. Sentia agulhadas na cabeça, que me faziam turvar a vista.

À porta do apartamento, Mia esperava por mim. Ela e Lourdes me conduziram até a cama. Ao deitar, não encontrava posição. O colchão era duro demais e a cabeceira não se movimentava como a do hospital. Apoiaram minhas costas em três travesseiros. Talvez devesse ter ficado mais uns dias internada.

Ao fim da tarde, Paula chegou para organizar a batelada de remédios: escreveu nas caixas os horários certos, como muitas vezes eu havia feito com minhas filhas. O relógio ao lado da cama marcava seis e quinze. Desejei que Beka estivesse em casa, mas hesitei em perguntar. Paula pediu a Lourdes que organizasse o jantar:

— Nada de porcarias. Nada, entendeu?

Despediu-se e foi rumo à porta com a chave do carro entre os dedos.

Fechei os olhos, nauseada.

Na manhã seguinte, tentei esticar as pernas para me pôr de pé. Desisti. Agora era Lourdes quem cuidava dos remédios e me trazia alimentos. Sucos, achocolatados, vitaminas. Café nem pensar; justo minha bebida preferida. Os cheiros me enjoavam. Sabia que deveria me alimentar bem, mas olhava para qualquer comida como a um quadro de natureza morta. E crua.

No terceiro dia, assim que acordei, avistei Mia, olhos arregalados, ao lado da cama. Queria me dizer algo, mas apenas estendia os braços. Logo, apoiada nela, levantei-me. Era preciso caminhar. Ajudaria na melhora. Com as costas arqueadas, fomos em direção ao banheiro, para onde Lourdes providenciara um banco para que eu pudesse sentar-me. Mia saiu, para atender o telefone. Do chuveiro, saía um vapor que preenchia todo o espaço, deixando minha vista ainda mais nublada. Enquanto Lourdes passava um pano ensaboado sobre meu ventre inchado, eu pensava no que seria de mim sem ela. Abaixada, deslizava o pano molhado sobre as pernas, chegando aos pés que pareciam dois pães. Braços e peitos, não se atreveu a tocar. Após o banho, com uma toalha grande e macia, secou as gotas sobre a pele machucada. Agradeci o carinho. Depois, me ajudou a vestir a camisola abotoada na frente, me levou até a sala de televisão. Escolhi o assento do sofá com a peseira. Ao esticar as pernas, dei-me conta de que nunca tinha ocupado aquele lugar; era disputado por minhas filhas. Perto da janela, apesar de não conseguir ver além do prédio vizinho, sentia o calor do sol entrando na sala e tocando meu rosto, me enchendo de esperanças. Logo retomaria a rotina; tinha festas programadas e teria que estar bem para voltar ao trabalho.

Durante as tardes seguintes, a casa ficou cheia de visitas. Amigas se revezavam. Eram anjos que faziam companhia e me enchiam de mimos. Eu era grata todos os dias pela sorte de tê-las e por serem tão solícitas, em especial Valéria, Lúcia e Renata, sempre prontas a me ajudar. Antes delas, Paula e Lourdes. A única coisa de que não gostava era da insistência de todas para que eu me alimentasse de modo saudável. Sabia que era para meu bem, mas o gosto de remédio em minha boca contaminava tudo.

No final de semana, Beka chegou sem avisar; com aquele jeito estabanado, abriu a porta do quarto e já foi contando sobre seu novo colégio. Parecia ter esquecido da cirurgia. Ouvindo-a falar sobre o novo namorado e a nova série no Netflix, eu com ela por perto, esquecia do mundo. Não podia rir, pois, as dores voltavam. Mas sorria, mostrando estar bem; não queria que se preocupassem. Assistimos à televisão, discutimos sobre filmes. Eu, Beka e Mia naqueles momentos, éramos uma família feliz.

O retorno ao doutor Augusto foi uma semana depois. Paula, como de costume, veio me pegar. Não esperamos muito, no consultório. Logo o médico nos chamou, trocou os curativos e brincou:

— Muito bom! Já está pronta para outra. Tomou minhas mãos, antes de continuar: — É muito provável você ter se curado com a cirurgia.

Ele tinha o peito inflado, mesmo sem saber, ainda, o resultado do exame imprescindível para fechar o diagnóstico, o de imuno-histoquímica. Achei que o nome, tão grande e difícil, combinava com a importância do resultado.

Voltamos da consulta animadas. Não precisaria fazer quimioterapia, não cairiam os cabelos. O pesadelo ficaria para trás. Paula me deixou no portão, onde Lourdes já me esperava. Caminhei, apoiada nela com a coluna quase ereta. Liguei para Mia, assim que me sentei no sofá, contando as boas notícias. Depois, passei mensagem para Beka, que logo respondeu:

— Mais tarde vou aí.

Também mandei recado para o meu grupo de melhores amigas. Elas não se continham de felicidade. Valéria e Renata vieram passar a tarde comigo. Beka não apareceu e Mia, quando chegou, foi direto para seu quarto. Lembramos coisas da infância, da época da escola, eu e minhas amigas.

Estudávamos num colégio de freiras, no ginásio. Eu tinha acabado de mudar de bairro, e minha mãe decidiu, por praticidade, me matricular no Colégio Assunção, a uns quatro quarteirões do nosso apartamento. Relembramos como entrei na sala, com olhar estalado, e, desajeitada, deixei cair todo o material da mochila. Naquela época, usava óculos de lentes grossas, cabelos que mal cobriam a nuca, enquanto minhas amigas usavam cabelos longos. Durante as aulas, sentada no canto direito da sala, na segunda fileira, tapava com minha altura exagerada a visão das que se sentavam atrás. Enquanto elas passavam bilhetes e soltavam risadinhas, eu não tirava os olhos dos professores. Só desviava o olhar quando pegava um compasso. Agia sem perceber que elas me observavam. Naquela época, ansiosa e insegura tirava o compasso do estojo e, quase sempre, espetava o dedo. Pegava uma borracha verde, grande, e a levava à boca, arrancando pedaços. Mastigava-a como se fosse goma. Só de pensar, me dá arrepios. Os lápis, de tanto morder as pontas, viravam sucatas.

— O pior é que a gente via você engolir e, depois, babar aqueles farelos. Nojento.

Quando a noite caiu, a casa emudeceu de todos aqueles risos. Senti falta das minhas filhas. Queria ter forças para levantar e ir até o quarto de Mia, ou até o banheiro passar um batom e *blush*. Mas ao tentar, desisti. Olhei para o lado do sofá. Ali estava a vitamina que Lourdes havia batido para mim há horas. Eu adorava abacate, mas ao ver o copo já meio escurecido, empurrei-o para o lado. Lourdes apareceu com mais remédios.

Eu estava cansada e não queria mais visitas. Tarde demais, Lúcia entrava pela porta da frente:

— Nossa, como você está pálida. Viu um fantasma?

Afundei no sofá, junto com ela, e liguei a televisão. Lúcia pegou o controle e colocou num filme. Leu o resumo, era uma história sobre um menino com câncer.

— Tudo bem ser este o tema?

Queria ter coragem de perguntar se havia enlouquecido. Aquele tema não era apropriado. Mas o filme começou a rodar, sem nem lembramos o título. Que interesse haveria em guardar o nome de um filme sobre câncer? Continuei imóvel no sofá. As cenas passavam rápido demais, como se minha amiga estivesse apertando a tecla de correr o filme para frente. Talvez quisesse saber logo o final. O meu final. Permaneci no sofá, a bunda e as costas coladas nas almofadas que me aqueciam o corpo.

Do nada, senti uma dor descomunal no peito. Não conseguia me mexer. Algo parecia errado. Repetia para mim mesma: algo errado, algo deu errado. Olhei para minha amiga como se ela soubesse a resposta.

Lúcia deu um pulo do sofá.

— Está doendo?

Apontei a mama. Ela ergueu minha blusa: uma bola vermelha saltara do curativo da mama esquerda. O que será isso? Ergueu-se de um salto e começou andar de um lado para outro. Pedi que pegasse o celular e ligasse para o médico. Era Dia de Finados. Ninguém atendeu. Me lembrei que em feriados eu deveria falar com as assistentes. Lúcia ligou para a primeira, que disse estar de folga e que nada poderia fazer.

— Vocês devem ligar para a assistente de plantão, pelo fone indicado.

Enquanto ela falava, eu berrava. As dores estavam muito fortes e a bola no peito, agora arroxeada, era cada vez maior. Lúcia ficou impaciente:

— Melhor irmos para o hospital.

Antes de ela terminar a frase, conseguimos falar com a assistente de plantão. Explicamos a situação pelo viva-voz do celular. Ela pediu para tirarmos uma foto e enviar para ela, que concluiu ser um deslocamento de prótese mamária. A dor aumentava; insistimos em ir para o hospital. A doutora repetiu que não era necessário. Temi estar tendo um enfarte. Mas se fosse, não haveria aquela bola de tênis em meu peito. Passei mensagem para Paula; poderia ser a última. Ela insistiu que eu fosse para o hospital. Mas a assistente de plantão estava convicta: deu orientações para Lúcia empurrar a prótese e me dar mais comprimidos para a dor. Para acertar a prótese, eu deveria ficar de pé e Lúcia, também de pé, me segurar com uma mão e, com a outra, empurrar a prótese para baixo. Urrei de dor. A médica, ainda no viva-voz, disse não ter mais nada a fazer, a não ser ir bem cedo, no outro dia, passar em consulta com o cirurgião plástico — o mesmo que havia me operado. Não, aquilo não estava acontecendo comigo. Devia estar com alucinações.

Os comprimidos fizeram efeito rápido, a dor tinha ficado suportável. Lúcia disse que precisava ir embora, estava tarde. Eu queria que ela ficasse, mas não disse nada. Continuei no sofá. Queria gritar por Mia, mas chamei Lourdes, que me ajudou a ir até a cama e me acomodou entre os lençóis. Naquela noite, deitada de barriga para cima, senti o teto do quarto vindo ao meu encontro com uma dor terrível. Não era a mesma dor do sofá. Esta contraía os músculos e apertava o pulmão, escasseando o ar. No meio da noite, precisei ir ao banheiro. Pensei em gritar por Mia, mas o sono dela era profundo. Não queria incomodar Lourdes. Apertei a bexiga, torci as pernas. Os remédios para dor não surtiam mais efeito e a bola no peito voltava a doer. Precisava me levantar. Tive a ideia de escorregar pelos lençóis. Ousei descruzar as pernas e um pouco do líquido molhou a calcinha. Consegui apoiar os pés no chão e, procurando não fazer força com os braços, me pus de pé. Olhei no espelho grande, ao lado do armário, e lá estavam os peitos com as próteses. Eram tais como eu havia encomendado ao cirurgião. Por que teria formado essa saliência arroxeada? A assistente estaria certa em seu diagnóstico e orientação? Teria Lúcia empurrado o hematoma de forma correta? Por que a dor era tão intensa?

Voltei ao quarto e tomei mais algumas pílulas para amenizar a dor. Sentada na cama, recostei o dorso e escorreguei pelas cobertas. Voltei a ficar de barriga para o teto, até o dia clarear e poder ir ao médico.

# Emergência

Lourdes me ajudou a descer e a me acomodar no táxi. Indiquei o endereço ao motorista. Não havia chamado ninguém para me acompanhar. Mas que assim fosse. O importante era ser atendida, e com urgência, o que pedi logo ao me apresentar à secretária. Na sala de espera, enquanto aguardava o médico, sentei, encostando a cabeça no espaldar alto da poltrona. Ali fiquei, sem olhar nada em volta, anestesiada pelo corpo dolorido.

Eu já estava de roupão, pronta para ser examinada, quando o cirurgião plástico, doutor Marcelo, entrou na sala e me ofereceu um chocolate. Agradeci e expliquei com detalhes o que havia acontecido na noite anterior, quando descobri o hematoma. Contei que a assistente do doutor Augusto afirmara se tratar de um deslocamento de prótese, orientando, pelo celular, para alguém empurrar a prótese para baixo e dar um analgésico forte. Deveríamos, no dia seguinte, passar em consulta com o senhor. Doutor Marcelo me olhou, erguendo as sobrancelhas:

— Como assim, empurrar a prótese?

Mostrei as fotos e os áudios, dizendo o quanto havia sido difícil de acreditar naquilo. Pediu que eu fosse de imediato para o hospital em frente ao consultório. Estranhei ele não indicar alguém para me acompanhar; tamanha era a dor. Ao mesmo tempo era bom ser o hospital da última cirurgia; facilitaria a internação. Seria preciso fazer um procedimento de emergência. O doutor Marcelo ligara para o hospital, pedindo uma sala para o tal procedimento. Não quis perguntar qual seria. Queria ir rápido, correr, mas as dores me impediam e meu nervosismo me fazia tontear. Saí pela porta da frente do prédio do consultório, e divisei a porta do hospital e, diante dela, um ponto de táxi. E mais nada. Senti alguém me segurar pelos braços e me conduzir até um banco; sentada, percebi ser o do ponto de táxi. Alguns motoristas que aguardavam chamadas me olhavam. Eu quis explicar, mas desisti. A vontade de me livrar da dor me fez levantar assim que pude. Reuni forças e segui para o hospital; devia fazer logo o procedimento. No hospital fui até a ala D, para onde o doutor Marcelo havia ligado. Uma enfermeira já me aguardava.

Deitada na salinha de exame cogitei, pela primeira vez, que poderia ser grave. Olhei o médico atento ao monitor. Observei a tela do ultrassom com dificuldade de entender as imagens e desejei saber de medicina —

evitaria ter que fazer perguntas. O gel lubrificante, gelado, ajudava a máquina a deslizar sobre meu peito. A dor logo seria solucionada?

O doutor Marcelo entrou na sala, também observou o monitor e começou a trocar opiniões com o médico que realizava o exame.

Terei que abrir e recolocar o dreno – disse o doutor Marcelo – o hematoma está grande.

Não questionei a conduta, escutei atenta pensando ser o melhor a ser feito. Só queria que a dor estancasse logo e eu pudesse voltar para casa. Fui transferida para uma sala ao lado, e dali para a mesa operatória. Colocaram à minha frente um pano azul que impedia de ver o que estava sendo realizado. Injetaram medicamentos na veia. Não sei o que injetaram, mas permaneci acordada. Culpando-me por estar sozinha. Eu deveria ter pedido que Paula ou alguma amiga me acompanhasse. Tarde demais.

Acordei em outra sala. Fiquei um tempo olhando o teto bege e sem graça daquela sala. Estava ansiosa para saber o resultado do procedimento. Somente o doutor Marcelo podia esclarecer o que havia acontecido. Ele apareceu, disse que dera tudo certo e me entregou umas receitas. Antibiótico por mais uma semana, depois quero te ver. Antes que eu abrisse a boca, saiu sem se despedir. Fiquei aliviada por ter dado certo. Voltaria para casa, não precisaria ficar no hospital. Que alívio, não sentia mais dor.

Quando pequena, tínhamos um médico que acompanhava nossa família. De tanto frequentar nossa casa, virou amigo. O doutor Messina usava óculos e franzia o nariz quando chegava perto das crianças. Com os adultos, dava conselhos e tomava sempre um copo de uísque com duas pedras de gelo antes de ir embora. Paula, quando o via chegar, com sua maleta, se escondia atrás da cortina, do sofá, ou embaixo da cama. Eu, ao contrário, ia abaixando as calças, virando a bunda. Melhor uma única picada do que sete dias engolindo antibióticos. Gostava quando ele vinha acompanhado das filhas, que brincavam comigo. Montávamos quebra-cabeças e as horas passavam depressa.

Agora, com o dreno e de volta a casa, fui direto para a cama. Permanecia deitada a maior parte do tempo, engolindo comprimidos para controlar as dores. Não queria receber muitas visitas. Dormia o dia todo. Não conseguia mais ver televisão como antes.

No terceiro dia em casa, uma tontura e uma forte tremedeira me avisaram que eu só piorava e que os remédios não estavam fazendo o efeito desejado. Liguei para o doutor Marcelo e contei sobre o estado febril. Achava que depois de procedimentos cirúrgicos, aquilo não era um bom sinal. Ele pareceu não dar importância só pediu para observar.

Recebi um telefonema de Renata perguntando se eu estava melhor. Contei sobre o procedimento, sobre o hematoma e sobre a dor que havia sentido. Agora, me sentia fraca e estava com febre. Ela ficou preocupada e insistiu para me levar a um médico amigo da família. Melhor averiguar. Criei forças e acatei seu conselho. Dessa vez, vou com a Renata; sozinha nunca mais.

O relógio marcava quase nove da noite quando chegamos no médico. O doutor Hugo me fez algumas perguntas. Contei do meu histórico e sobre os últimos acontecimentos. Era visível que eu ardia em febre. Ele pediu que eu tirasse a blusa para me examinar. Tocou meus seios e não falou palavra alguma. Depois, perguntou se eu estava com a carteirinha do convênio, respondi que sim e entendi que teria que retornar ao hospital. Voltei à sala onde estava Renata. Ela tinha um semblante preocupado. Perguntou ao doutor Hugo o que estava acontecendo. Ele explicou que a área estava toda infeccionada, e que meu estado era grave. Seriam necessários no mínimo dez dias de internação para que uma combinação de medicamentos diretos na veia tivesse o efeito e estancar a infecção. Eu me lembrei do quanto já tinha sofrido com infecções. Saímos direto para o hospital, no carro de Renata, que franzia a testa a cada sinal vermelho. Nem vamos avisar o doutor Marcelo; não gostei da conduta dele. Eu só agradeci em pensamento, por ela ser tão solícita.

Ao chegarmos, foi aquela mesma sensação de estar num hotel, agora com Renata, que tomou a frente da nova internação. De mãos dadas, subimos para o andar da outra ocasião. Deitei-me com a ajuda das enfermeiras. Reclinei a cabeceira para descansar.

# Pelas janelas

Meus pés pareciam dois cubos de gelo, tremiam, precisavam de meias. Olhei para o lado e apertei o botão para chamar as enfermeiras. Paula apareceu vestida com um abrigo confortável, de tecido macio, o que fez confirmar que estava frio também lá fora.

— Para que chamou as enfermeiras?

Eu disse que precisava de meias, e ela se prontificou a pegar.

Agradeci, ela providenciou as meias e, minutos depois, meu corpo já estava quente, suado, grudando nos lençóis. Do meu braço saía um fio de plástico até aos medicamentos pendurados num suporte alto, de metal e com rodízios. Tentei ler o nome na etiqueta, mas não consegui me mexer. Paula assistia à minha tentativa:

— Você não tomou seu café da manhã. É assim que quer melhorar?

Eu nem tinha me dado conta de que a bandeja estava no quarto. Paula empurrou-a para perto da cama.

A comida à minha frente parecia apetitosa: pão francês, queijo, presunto, iogurte, pão doce e frutas. Comi quase tudo me deliciando, esquecendo que estava num hospital. Se meu pai estivesse vivo, teria gostado do pão doce com creme. Depois do café da manhã, as enfermeiras entravam e saíam do quarto a toda hora, trocando os medicamentos, a mando do doutor Hugo. Mediam a pressão e a temperatura, esvaziavam o dreno. Me deram banho depois de me ajeitarem numa cadeira especial e, antes, envolveram meus peitos com um papel filme, para não molhar os curativos. Estranho, meus peitos pareciam um pedaço de carne tirado do freezer. Depois, fiquei sentada numa cadeira reclinável. Não era bom ficar muito tempo deitada. Perto da hora do almoço arrisquei, com ajuda de Paula, alguns passos pelo corredor.

Quando éramos pequenos, fazíamos um campeonato de corrida, na fazenda, com as primas. As idades entre nós eram muito diferentes. Paula, da turma das pequenas, eu e Marília, das maiores. Marília, às vezes, me deixava ganhar. Se não fosse por ela, nunca chegaria em primeiro lugar. Paula se esforçava tanto que chegava a ficar vermelha, mas as pernas eram curtas demais para nos alcançar. Numa das corridas, tropeçou e caiu sobre os pedregulhos, esfolando o joelho. Me senti culpada. Ela berrou, chamando nossa mãe. Minha mãe ficou muito brava. Nunca mais apostamos em corridas de primas.

No corredor do hospital, nossas idades, a minha e a de Paula, não faziam mais diferença. Minhas pernas continuavam longas, só que agora mais fracas do que nunca. Eu as sentia pesadas, como se um ímã as puxasse para baixo, grudando meus pés no chão. Os chinelos não deslizavam, a respiração era ofegante, eu dependia dos braços de Paula.

— Vamos só mais um pouco — ela me animava.

— Eu obedecia, apesar da vontade de voltar para a cama.

Quando o almoço chegou, ela me forçou a comer. Eu engolia com ânsias, segurando para não vomitar. Um cheiro estranho inundava o quarto. Quando Paula foi embora, senti alívio e, logo depois, culpa por não ter agradecido a ela por tanta atenção.

O doutor Hugo apareceu, puxou uma cadeira para sentar à minha frente e conversou, falando pausado, sobre a minha infecção. Explicou que o quadro precisava regredir, caso contrário teria que retirar as próteses. Para isso, eu deveria ficar tomando os medicamentos na veia por mais dez dias. Me soaram como dez anos. As palavras do doutor Hugo me assustaram. Retirar as próteses implicaria me deixar sem peitos, o que era inimaginável. Me conformei em ter que ficar mais dias tomando antibióticos.

Renata, Valéria e Lúcia vieram à tarde, trazendo gostosuras e flores. Naquela tarde, montaram um grupo no celular e incluíram Paula. Tudo parecia estar nos eixos.

A rotina das visitas estabelecida pelas amigas e Paula, os banhos pela manhã, os cuidados das enfermeiras com meu bem-estar, as visitas rotineiras dos meus três médicos, doutor Hugo, doutor Augusto e doutor Marcelo, cada um em sua especialidade, me preenchiam os dias. Às vezes, essa rotina era complementada por novas visitas, que vinham fazer companhia e me mimar, além de darem um respiro para Paula e minhas três amigas.

Mesmo com tantas companhias, sentia falta de estar com Beka e Mia, que, em uma visita rápida, me disseram estar ocupadíssimas estudando para as provas de fim do ano na escola e na faculdade. Eu também sabia que Mia não se sentia bem em hospitais, mesmo que por algumas horas; menos ainda para dormir e, passar uma noite comigo. Beka não conseguia vir muito seguido, pela distância da escola, que era em Barueri.

As manhãs eram preenchidas por Paula, pelas enfermeiras e pelos médicos assistentes. Os banhos eram demorados. Pedia para que fossem dados logo cedo, a fim de me ver livre. Lavavam minha cabeça em dias alternados, eu sentada na poltrona e vestida com uma camisola abotoada na frente. A mesma enfermeira secava meus cabelos. Demorava, o que me fazia sentir cuidada. No fim da tarde, chegava uma das amigas, Valéria passaria a noite, recostada no sofá ao lado, nada confortável para quem teria compromissos na manhã seguinte. Para mim, o pior eram as madrugadas longas, com o entra e sai, para ministrar medicações; pouco conseguia dormir.

A rotina médica também foi sendo estabelecida. Apesar de ter a impressão de que doutor Augusto e doutor Marcelo achavam um exagero minha longa internação, não ousavam contrariá-lo. Ao final de quinze dias, não tive mais febre e estava bastante disposta.

O doutor Hugo continuava fazendo o seu trabalho sem se importar com a opinião dos demais. As divergências entre eles me incomodavam; confiava em Hugo para minha recuperação. Muitas vezes, o doutor Marcelo fazia piadas sobre aquelas minhas férias por ali. Na verdade, minha única válvula de escape era quando, durante a caminhada da manhã, eu parava nas janelas do corredor e admirava o mundo lá fora.

A primeira janela pela qual passava dava para a frente do hospital. Era pequena e sua vidraça não abria. De lá, via o MASP e, ao fundo, a avenida Paulista. Imaginava as pessoas passando de um lado para o outro. Corriam, sem notar o museu, ou quem passava ao seu lado. Não olhavam para cima ou para os lados. Nem se davam conta de que havia hospitais por perto. E doentes.

Eu mesma, antes de estar naquela janela, nunca tinha pensado sobre isso. Era dessas pessoas que se esbarravam nas outras. Quando muito, pedia desculpas e seguia, apressada, rumo a algum estacionamento. Pegava o carro e sumia. Nunca mais veria aqueles rostos. Se visse, não os reconheceria. Olhei para o MASP. Um vórtice se abriu: quantas vezes já estivera lá! Durante a faculdade de História, era um belo programa almoçar no restaurante do museu, antes de conferir alguma exposição. Não perdia uma. Aos domingos, a Feira de Antiguidades me encantava. Fechei os olhos, lembrando do dia que comecei minha coleção de mini pratos de Limoges. Numa barraca, no meio da feira, achei um mini prato colorido que cabia entre meus dedos, era esmaltado em verdes e lembrava um dos broches preferidos de minha avó materna. Uma desculpa para voltar todos os domingos seguintes, à procura de outros. Depois de casada, a coleção ficou de lado e nunca mais voltei à feira.

Anos mais tarde, já com minhas filhas, visitei o acervo. Não era domingo e o vão embaixo do museu estava livre. As meninas entraram e saíram reclamando da exposição; nem do nome do artista eu lembro, de tão rápido que vimos. Fui embora com a sensação de que demoraria a voltar. Os shoppings foram tomando espaço em minha vida, junto com a TV. Ao invés de ler um livro, acompanhava novelas. Num dia em especial, parada em frente à janela do hospital, me dei conta do tanto que mudara. A imagem do MASP ao fundo, se misturou à cidade: prédios da Paulista engoliram os casarões antigos da avenida. E eu, em quem me tornara? Havia perdido minha essência, pelo caminho? Foi preciso me sentir uma presidiária, no décimo-sexto andar de um hospital, sem poder ver o sol a não ser através das janelas para saber quem eu era, de verdade? Durante os dias seguintes, caminhando com Paula pelo corredor sempre, pedia para descansar junto a essa janela.

Nunca falei sobre meus pensamentos com minha irmã, e nem lhe disse que, a cada dia, minha vontade de ler e, mais, de escrever aumentava.

Um dia caminhando, os medicamentos pendurados no estandarte de metal, paramos em outra janela, nos fundos. Essa é bem maior, disse Paula. Dali, eu enxergava o Minhocão da Nove de Julho, por onde passavam só ônibus. Naquela ocasião, os carros estavam proibidos de atravessar e se aglomeravam nas vias laterais. Eu imaginava os motoristas histéricos, xingando-se. Quantas vezes tinha ficado presa no trânsito.

Uma vez, aos 19 anos, quando vinha do Morumbi, apanhei um enorme congestionamento. Eu, dentro do túnel da Cidade Jardim, apertada para ir ao banheiro, não tive opção a não ser fazer xixi nas calças. Constrangida por ter molhado a roupa e o banco, olhei para o motorista do carro ao lado, como se ele pudesse ter visto. Minhas bochechas ardiam.

Num desses dias hospitalares, pedi a Lúcia um caderno e uma caneta. Ela logo trouxe. Depois que se foi, arrisquei-me a escrever palavras que me sufocavam. "Da janela" — se algum dia aqueles escritos fossem publicados, seria um bom título. Me permiti sonhar.

# De férias no hospital

Faltava pouco para completar os dias prescritos para tratar a infecção. Estava na contagem regressiva para a saída do hospital. Ir para casa seria o melhor dos mundos, embora as amigas tornassem meus dias menos penosos, por aqui, e medicamentos controlassem as dores e a infecção.

Mia apareceu após meu almoço, depois da saída de minha irmã. Não trouxe nada nas mãos. Ficou de pé, do lado esquerdo da cama. De braços cruzados, batia os dedos nos cotovelos, como quem toca "O bife" ao piano.

Agiu como se estivesse desorientada; falou de amenidades, sobre como tinha sido a festa do dia anterior, andou de um lado para outro e, em seguida, cobrou as primeiras pendências da mesada:

— Eu preciso do dinheiro, perdi o emprego.

Eu sabia que Mia não estava bem, que minha doença era parte de sua instabilidade emocional. Tentei acalmá-la, falando que tudo voltaria ao normal quando eu estivesse em casa. Eu não tinha certeza de que voltaria tudo tão rápido ao normal; mesmo assim afirmei para que ela se sentisse segura.

O doutor Hugo entrou, o que fez Mia recuar, cumprimentar o médico, sentar-se na poltrona, e começar a falar sobre saúde pública. Eu nunca tinha visto Mia se interessar por esses assuntos. Na minha cabeça, ainda era uma criança. Aquela pessoa diante de mim não se parecia com Mia. Estava diante de uma atriz? de uma personagem? Eu me sentia na plateia, deixando os dois conversarem à vontade. Passados uns dez minutos, o doutor Hugo se dirigiu a mim, perguntando como estava me sentindo. Restringi-me a responder o necessário. Mia se despediu de longe, com um aceno, e se retirou. Esse assunto não lhe parecia dizer respeito. O médico perguntou, outra vez, se eu estava bem. Talvez tivesse percebido meus tremores. Respondi que sim, que estava bem.

Após a saída dele, o quarto ficou em silêncio. As quatro paredes pareciam mais próximas, perto de me esmagarem. A sensação de agulhas espetando minha cabeça havia voltado. Fechei os olhos, agora com medo de uma recaída.

Ouvi a porta abrir. Era Paula:

— Quem esteve aqui?

— Mia, respondi.

Não queria estender a conversa com Paula, mas

ela estava preocupada com a visita. O que ela veio fazer aqui? Não tinha que estar no trabalho? Ela veio te preocupar? Contou que esteve quatro dias sumida? E o assunto tomou conta da tarde inteira. Eu caí no choro. Não quis caminhar, e a psicóloga do hospital veio me ver. Talvez estivesse cansada do ambiente hospitalar. Manobrei as respostas para que ela acreditasse estar tudo bem. Achei que, se ela pensasse estar tudo certo comigo, eu iria mais rápido para casa.

Lembrei da primeira vez em que fui a um consultório de Psicologia. Tinha uns 7 anos e cheguei de mãos dadas com minha mãe. Eu não queria me soltar, mas ela deu um jeito de se desvencilhar, deixando a mim e a psicóloga a sós. A sala tinha muitas bonecas, carrinhos de brinquedo, potes de tinta, pincéis e uma parede cheia de azulejos brancos. Perguntei por que o consultório era tão diferente dos outros.

— Para você fazer o que quiser nele — respondeu a psicóloga.

Ah, a parede branca! Queria escrever nela letras grandes, como minha professora fazia na lousa. Mas ainda não sabia escrever. Peguei os potes de tinta e alguns pincéis e passei sobre as palmas das mãos. Uma de cada vez, apoiava na parede, deixando as marcas. Lavava-me, em seguida, no tanque ao lado e voltava a repetir os gestos com outra cor. Achei bonito deixar aquelas marcas bem coloridas, na parede. A psicóloga olhou com ar de reprovação e disse que, na verdade, eu queria, com isso, buscar atenção. Ser reconhecida por ela e pelo mundo. Chorei. Nunca mais voltei lá.

Naquela tarde, minhas amigas não tinham vindo. Paula ainda estava lá e Beka, para minha surpresa, veio depois da escola. Olhei para a poltrona onde Beka havia sentado. observei suas pernas longas. Como estava grande. Queria falar que sentia sua falta, pedir para ela vir mais vezes. Senti vontade de chorar, mas me contive. Fiquei quieta, melhor assim. À noite, viria uma amiga dormir.

Lúcia chegou esbaforida. Tinha atravessado a cidade para passar a noite. Olhou-me e perguntou se estava mesmo bem. Balancei a cabeça, respondendo que sim. Conversou sobre seu trabalho, a intenção de fazer doutorado em Psicologia, e que nunca seria tarde para nos realizarmos na profissão. Meus olhos voltaram a brilhar, enquanto ouvia suas palavras. Perguntou se eu queria ver televisão. Eu disse que estava acompanhado um programa semanal de competição culinária. Topou. Enquanto olhava a preparação dos quitutes, comecei a salivar. Senti o aroma de cada tempero e desejei estar sentada à mesa de um restaurante renomado, deliciando-me com aquela refeição. Senti fome. Minha amiga ligou para a lanchonete, pediu coxinhas e croquetes; sabia que eu adorava. Comemos, em meio a risadas, crianças fazendo arte. Quando acabou o programa, ela escovou meus dentes, na cama. Virei para o lado com uma sensação confortável, pronta para dormir.

# A frustração

Acordei com vontade de ver o que tinha na bandeja do café da manhã. Lúcia estava pronta para sair. Levantou a cabeceira da cama e trouxe o carrinho para perto de mim: sobre ele, uma bandeja com um pedaço de queijo branco, um pão salgado e um doce, um copo de suco artificial de laranja, um bule com café. Tudo embalado um a um, e parecendo muito apetitoso. Ela me ajudou a desembrulhar, eu devorava com os olhos. Lúcia disse que tinha de ir, não podia esperar por Paula. Entendi e continuei saboreando os alimentos, até restar apenas o pão doce. Lembrei das refeições na casa de meus pais e das histórias que meu pai contava, quando nos reuníamos na hora do jantar. Ele adorava falar sobre quando era menino.

Depois da morte de meu avô, aos 7 anos meu pai se viu sem ter o que comer. Contou sobre uma vez em que levava uma encomenda de costura a uma cliente de sua mãe. Passando por uma vitrine de confeitaria, parou admirando os pães. Entrou e apontou para um.

— Com bastante creme e açúcar por cima — pediu. Mas, ao contar as moedas, percebeu que não seriam suficientes.

Eu podia quase ver o garoto de 7 anos parado em frente à vitrine, a cara grudada no vidro, salivando pelo pão e sem poder prová-lo. Na casa de meus pais, o café da manhã era farto — a refeição mais importante do dia. Aos domingos, meu pai saía cedo para buscar pães em uma padaria de Higienópolis que, segundo ele, eram os melhores da cidade. Voltava carregado de pacotes com bolos, tortas e pães de diversos tipos. Uma bandeja era só com pães de creme. Enquanto minha mãe reclamava da quantidade absurda de alimentos, eu ajudava a arrumar a mesa.

No hospital, peguei o pão e o coloquei inteiro na boca. Os dedos melaram, lambi as pontas, imaginando quando e como teria sido a primeira vez que meu pai pôde comer um desses. Paula entrou nessa hora, olhou para a bandeja, fez menção de dizer algo. Empurrou-a para o canto. Eu nunca soube se ela conhecia essa história. Paula estava sorridente, com um ar sereno. Caminhamos pelo corredor, ela contou que pretendia retomar sua carreira, estava cansada de só cuidar da casa, precisava de algo que a motivasse. Concordei. Também queria ter forças para mudar de vida e de trabalho. Estava temerosa pela idade e receava pela saúde. Difícil recomeçar.

Lembrei da festa que deveria ter comandado, na véspera. As bodas de prata. Pela primeira vez senti que não estamos no comando de nada. Não havia conseguido me realizar e estava com medo do descontrole financeiro. Nesse aspecto, não tinha ninguém para me ajudar. Mas eu estava viva. Precisava era sair logo do hospital; era o nono dia desde a internação e aguardava, ansiosa, pelo doutor Hugo. Queria perguntar sobre a alta.

Pouco depois do almoço, ele veio e confirmou que, se eu continuasse sem febre, iria para casa no dia seguinte. Mas tínhamos que esperar mais dez dias, em casa, para ter certeza de que os remédios não estavam mascarando a infecção.

À noite, Valéria chegou com um balão de gás em forma de coração amarrado num raço. Outro equilibrava uma bandeja. Ela tinha ido à tal festa das bodas de prata, na noite anterior. Era amiga de adolescência do casal. Pedi que me contasse os detalhes. Disse que tudo estava perfeito, bem como haviam imaginado. Baixei os olhos, apertei os lábios. Queria ter participado desse momento.

Comi um doce, lembrando do dia em que fizemos a degustação. Valéria ligou a televisão. Acompanhava a novela *Velho Chico*. Eu gostava de ver a beleza de Domingos Montagner. Nos distraímos com as cenas de fazenda. Ver aquelas cenas era para mim, como estar ao ar livre. Rimos imaginando estar atuando com Domingos. Minha amiga não parava de elogiar o ator. Mas, antes do capítulo de *Velho Chico* terminar, comecei a ficar sonolenta e, segundo Valéria, adormeci.

De manhã, apesar de acordar com a alegria de quem pode sair do hospital a qualquer momento, minha visão estava turva. Olhei para a o tubo plástico que levava o medicamento ao meu braço direito e reparei num líquido de cor estranha. Perguntei a Valéria se ela sabia o porquê de terem mudado o remédio; ela não sabia. Tentei virar o cano, mas doeu muito. Melhor deixar o braço apoiado. Pedi à amiga para ajeitar o travesseiro. A bandeja do café não tinha chegado. Valéria insistiu em buscar, mas eu não quis comer; os remédios novos me reviravam o estômago.

Minha irmã chegou para render Valéria, que se despediu rápido, atrasada para sua aula de ginástica. Paula foi em direção ao armário. Pegou algumas roupas e pertences meus.

— Temos que ficar prontas para a alta. Preciso te deixar em casa e sair correndo para buscar meus filhos na escola.

A enfermeira entrou, mediu a pressão, depois a febre. Anotou num papel e saiu. Logo voltou com mais medicamentos. Ao aplicá-los, as veias arderam. Minha mão direita estava uma bola. Era preciso puncionar a veia de novo. Minhas bochechas pegavam fogo. Durante a parte da manhã nenhum médico passou em visita. Aguardava o doutor Hugo, que, segundo as enfermeiras, chegaria só na hora do almoço. Não estava disposta para a caminhada matinal. Paula me arrastou. Apoiada no suporte de metal, os fios de plástico pendurados estavam ainda mais pesados. Sem querer parar nas janelas, andei pelos corredores, arrastando as pernas. Voltei para o quarto, louca para me deitar. Esperei pelo doutor Hugo, sem tocar na comida do almoço. Quando ele chegou, não se sentou, como de costume. O doutor Hugo se plantou no pé da cama e foi dando a notícia de que a febre voltou, forte, e tiveram de trocar os remédios.

— Quantos dias a mais ela vai ter que ficar? — minha irmã perguntou.

— Difícil dizer, dona Paula.

Avisou que eu não teria alta hoje. Paula não perguntou mais nada, pegou a mala e guardou minhas coisas no armário. Depois que o médico saiu, penteou meus cabelos com uma escova macia, tirando todos os nós. Eu estava mais sonolenta e imaginei que fosse minha avó. Era ela quem sabia desembaraçar meus cabelos de criança, sem doer.

— Ao virar-me, reparei na janela com as persianas semiabertas. Uma garoa respingava nos vidros; não se conseguia ver nada além disso. Meu corpo não sentia os lençóis. Os braços estavam rígidos e a boca seca. Precisava de água como alguém caminhando dias e dias pelo deserto. Ergui um pouco o pescoço: a bandeja de café não estava no carrinho. Paula entrava e saía do quarto com o celular na mão. Minha barriga distendida doía.

Queria ter forças para levantar; tentei, mas fui tomada por uma vertigem. As enfermeiras, atentas à minha febre, vinham mais vezes me ver.

Ouvi a porta abrir, depois bater. Um enfermeiro alto e de sorriso largo, trazendo uma maleta branca, de plástico, com alças vermelhas, entrou no quarto. Abriu-a e retirou vários tubos de vidro vazios, todos etiquetados com letras e números. Numa seringa, coletou sangue em quantidade tão grande que cheguei a pensar que me faria falta.

O quarto estava escuro, quando acordei; o dia era daqueles em que o sol se nega a aparecer. Paula estava de pé, acariciando meus cabelos. Reclamei de sede. Ela pegou uma toalha umedecida e passou devagar em meus lábios. Era que podia fazer: doutor Hugo passou bem cedo e avisou que seria necessária nova cirurgia.

— Pediu jejum até a hora da operação — disse Paula.

/

Não só eu não iria para casa, mas ainda *ganharia* uma nova cirurgia. Senti dor no peito. Senti medo. Até então, julgara ser imortal, acreditando que a rotina de visitas e as histórias criadas por mim, na janela do corredor, eram garantia de vida. Na verdade, tudo está sempre por um fio: num dia estamos bem, apaziguados pela rotina; no outro, somos tomados pela miséria total ou por uma doença grave e de nome difícil de pronunciar. Me lembrei de quando estava lendo *O ano do pensamento mágico*, Joan Didion dizendo que a vida muda em um instante; *você senta para jantar, e a vida que você conhecia termina*. Foi assim com a morte súbita de seu marido, John, com a doença infecciosa da filha, Quintana; tinha sido assim com a morte de meus pais, e agora com a notícia do câncer. De repente somos paralisados: não podemos mais trabalhar. Tudo muito rápido. Confinados ao espaço hospitalar, comemoramos cada melhora como uma vitória ou nos desesperamos com um delírio febril ou com a rejeição a um medicamento.

Dráuzio Varella afirma, num livro, que *a doença tem o dom de mudar a sintonia do corpo com o ambiente. Que graça tem ir a um baile de Carnaval com dores abdominais? Ou ir a uma praia paradisíaca em delírio febril de malária?* O câncer me fazia pensar nessas questões. Antes disso, nunca tinha parado para avaliar o quanto a saúde representava em minha vida. Apesar de já ter estado antes em hospitais, para cirurgias de escolha ou procedimentos leves, este é um momento de terror.

Olho para o gotejamento do remédio. Qual o poder de cada gota em meu organismo? Questiono o porquê de os remédios não terem o efeito previsto. Minha máquina havia quebrado, tendo que ir a reparo? Teria eu tomado antibióticos demais, ao longo da vida, ficando meu corpo resistente a eles?

Talvez fosse isso, mas o que precisava, agora, era de uma saída para continuar viva.

Quando eu tinha 8 anos, meu primo agarrou meus cabelos e, de um golpe, me lançou escada abaixo por eu ter pegado, sem pedir, dois de seus carrinhos. Com a queda, quebrei o braço direito — o osso do cotovelo saiu do lugar. Enquanto minha tia puxava as orelhas de meu primo, minha mãe me olhava desesperada. Passei por uma cirurgia e jurei nunca mais pegar brinquedos dos outros.

Agora, no hospital, desejo que o tempo passe rápido. Quero entrar logo em cirurgia. Preciso me salvar e salvar a prótese mamária, precisava vencer o medo. Mais uma hora passada à espera, a toalha úmida nos lábios, rachados e grossos. Minhas filhas não me saem da cabeça. Como ficariam Mia e Beka com a notícia? À tarde, as amigas chegaram, se juntaram a Paula e, em roda, comentavam sobre a operação, discutiam as condutas dos dois outros médicos. Eu gostaria de participar, mas não conseguia, o som se misturava às agulhadas em minha cabeça. Queria pedir para falarem baixo, mas não quis importuná-las. Estavam lá para ajudar.

Quando a maca chegou, aplicaram-me uma injeção para que eu adormecesse, e logo tudo se escureceu.

Terminada a cirurgia, o sol poente entrou pela Sala de Recuperação, deixando tudo alaranjado. O entardecer, meu momento favorito do dia, estava ainda mais bonito. Eu sempre gostei de contemplar o pôr do sol. Quando estávamos na praia, eu e minhas filhas corríamos em direção à varanda para ver o sol baixando em meio à água. Senti a falta desses momentos com elas.

Da vez anterior em que estive internada, para uma plástica nos seios, foram minhas filhas que me acompanharam. Enquanto Beka ajudava com os curativos, Mia conversava com os médicos. Estavam muito presentes, quando menores. O que teria desandado em nossa família? Pedi à minha irmã que ligasse para as meninas, avisando-as que já estava de volta ao quarto.

Paula ligou primeiro para Mia que não atendeu o celular; passou mensagem. Depois falou com Beka, que disse estar em viagem com a escola para as cidades históricas mineiras. Voltaria em uma semana. Lamentei a falta delas.

No dia seguinte, ao acordar, era Lourdes quem estava ao meu lado. Meu corpo continuava dolorido, o peito vermelho e inchado incomodava muito. Toquei o botão e, no viva-voz, pedi reforço nos medicamentos. A enfermeira trouxe alguns comprimidos e uma ampola que, depois de aplicar a injeção, deixou cair no chão. Disse que em seguida iria mandar o pessoal da limpeza para remover os cacos de vidro. Comentou, também, que seu turno havia terminado e que era o momento do dia em que veria seu filho. Pensei como seria sua vida com o filho; pareciam tão unidos.

Lourdes também tinha de ir embora cedo para organizar a casa, tarefas que ficaram por terminar. Fiquei algum tempo sozinha. Depois da dor ter amenizado, senti vontade de escrever sobre o que eu estava vivendo. Na mesa de cabeceira havia uma caderneta de anotações e um lápis. Me virei com cuidado para não puxar os medicamentos de modo a não se perder a veia, rabisquei desenhos, ideias e palavras soltas. Daquelas palavras, mais tarde poderia nascer um poema. Os dias seguintes no hospital pareciam sem fim, mesmo com a companhia constante de minhas amigas, de Paula e Lourdes.

Depois de uma semana sem aparecer, Beka entra, suada, no quarto, preocupada com o telefonema de Paula. Logo pergunta se eu quero continuar a ver a série a que assistíamos, meses atrás, quando ainda morávamos juntas. Antes que eu respondesse, já colocou no canal da Netflix, sentou-se na poltrona ao lado e tirou os sapatos como se estivesse no sofá de casa. Comentava, animada, sobre as personagens, a fim de que eu me recordasse da história.

Quando já tínhamos visto dois episódios, ela reclamou de fome. Sugeri que pedisse algo na lanchonete. Levantou-se, pausou a série e foi em direção ao telefone, quando soltou um grito de dor. Da cama, eu não conseguia ver o que estava acontecendo. Beka gritava, pedindo ajuda.

Eu queria me levantar. Não consegui. Pela primeira vez, não pude ajudá-la. Senti-me impotente. Não pude fazer nada a não ser chamar as enfermeiras. Pedi urgência pelo viva-voz. Tentei me levantar, apoiei a mão na grade da cama para erguer-me e havia sangue nas meias de Beka e no chão.

Logo apareceu o enfermeiro alto, examinou a situação e disse não poder cuidar de Beka no quarto. Em seguida uma enfermeira entrou, com uma cadeira de rodas, dizendo que a levaria para o pronto-atendimento. Beka uivava de dor, enquanto seu rosto empalidecia ao ver o sangue escorrer. Eu, sem entender o motivo do sangramento, recordei que no dia de sua primeira menstruação Beka tinha a mesma carinha de desespero.

Agora, sozinha no quarto, procuro entender o acontecido, torcendo para não ser nada grave. *A vida muda em um instante. A vida muda rapidamente.*

Ao retornar, Beka, mais tranquila, contou que não fora nada demais, eles nem iriam cobrar pelos curativos. Só um corte pequeno na planta do pé. Beka se abaixou e começou a procurar a causa do acidente. Um pedaço de ampola, um caquinho de nada. Com o devido cuidados, Beka, já corada, pôde pedir o lanche, que comeu lambendo os dedos. Sempre exagerada, a minha caçula.

# Sem graça

O fim de semana foi um entra e sai de visitas. Com tanto movimento, Beka e eu mal pudemos assistir TV ou conversar. Eu, não conseguia mais organizar minha mente para o que ia acontecer em seguida; ficaria no hospital por mais quanto tempo? A dúvida me tirava a paz. A rotina mudou e novos remédios foram acrescentados ao protocolo por doutor Hugo. Os efeitos colaterais eram muitos e eu vivia em permanente torpor. Necessitava de ajuda para cada movimento. As caminhadas passaram a ser mais lentas e raras, os pés imantados ao chão. O movimento dos braços voltou a ficar comprometido. A fisioterapeuta vinha todos os dias me ajudar a realizar exercícios de pequenos movimentos, alternados aos de sopro, para o pulmão, quando fazer subirem as bolinhas azuis com minhas forças respiratórias era muito penoso. Sofria com falta de ar e a vontade de ficar na cama aumentava. As histórias que eu criava, agora deitada, eram interrompidas pelo movimento no quarto. A hora das refeições voltou a ser uma tortura. Dois ou três dias depois da nova cirurgia, recebi a visita de uma nutricionista. Era necessário trocar o cardápio; devia comer pratos bem coloridos, explicou a nutricionista, isso ajudaria na recuperação. Eu concordava, mesmo sabendo que não seguiria aquelas instruções. Também os doces e chocolates estavam liberados.

As amigas voltaram a trazer todo o tipo de guloseimas que pudessem quebrar minha falta de apetite. Em minha boca, todo alimento tinha gosto de remédio. Algumas vezes, para não desagradar, eu comia, fingindo saborear. Foi em uma dessas vezes que aprendi usar o recurso da *memória* para me alimentar: procurava lembrar do que gostava desde sempre. E não é que funcionou? Chamei o método de *Comer por memória*. O soro, incômodo, voltou a correr por minhas veias. Sentia-me inchada, a barriga parecia de grávida, as coxas largas, todas as medidas aumentadas. Meu guarda-roupas restringia-se agora, a quatro camisolas abertas na frente, alguns pares de meias elásticas, um chinelo e dois roupões, que vestia para receber alguma visita de cerimônia ou para andar no corredor.

As enfermeiras passaram a lavagem de meus cabelos, em função das minhas dificuldades motoras. As amigas tentavam me distrair, contando fofocas sobre suas vidas pessoais, artistas e TV e até de conhecidos nossos.

Numa das manhãs, naquela semana, Valéria trouxe apetrechos para arrumar minhas unhas. Expliquei a ela que, após a mastectomia, era proibida a retirada de cutículas, pois poderia causar complicações aos linfedemas resultantes do processo cirúrgico. Sem questionar, minha amiga guardou o alicate na necessaire. Começou a lixar minhas unhas arredondadas, depois pegou um esmalte cor de carne e passou devagar, em cada uma, cuidando para não manchar os dedos. A seguir, da mesma forma, fez nos pés. Contou que, quando sua mãe estava doente, ela fazia isso e a mãe se sentia melhor. Entendi que era seu modo de demonstrar carinho, embora, para mim, pintar as unhas naquele momento não tivesse importância alguma.

No dia seguinte, a febre aumentou, e os assistentes do doutor Augusto e do doutor Marcelo — que andavam desaparecidos — voltaram a me ver duas vezes ao dia. Agora, sem fazer mais piadinhas. O doutor Hugo, como de costume, veio na hora do almoço. Em pé, ao lado da cama, examinou meus seios avermelhados, que ardiam como brasas. Depois, olhou para o gotejamento dos remédios e disse que iria trocá-los. Prendi o ar, mordendo os lábios. Senti que algo estava errado. Durante aquela tarde, toda vez que as enfermeiras mediam a temperatura, eu ficava atenta e rezava para que os graus no termômetro baixassem. Minha alta estava condicionada a isso.

Quando pequena, sempre que ficava gripada, as amígdalas inflamavam, e eu não conseguia me alimentar, a não ser com sopas peneiradas/liquidificadas de mandioquinha, de ervilha, ou caldo de feijão que minha mãe e avó faziam. As duas não arredavam pé do meu lado durante o dia, e se revezavam durante a noite. Contaram, depois, que eu era uma criança muito diferente: fazia os termômetros subirem até o máximo, parecendo que iam explodir, e nenhum remédio adiantava para baixar a febre. Minha mãe, então, ligava e pedia urgência para o doutor Messina. Antes de ele chegar, me punha no banho morno. Minha mãe não entendia como eu, com aqueles febrões, não tinha delírios.

Melhorava em três dias, com injeções fortes e doloridas. Só então elas podiam descansar.

No hospital, eu também não tinha delírios; só ficava mais sonolenta, por causa das medicações. O doutor Hugo passou a me visitar também à noite, e o fazia com pouca conversa. Estranhei. Renovou ordens para a enfermeira aplicar mais medicamentos, alguns novos, que acabaram por estourar-me as veias. Pela ardência eu sabia: lá vem outra picada, e mais outras até encontrarem uma veia capaz de receber o líquido. Meu braço já estava todo roxo.

No dia seguinte, não veio o café da manhã, o que me fez antever uma nova cirurgia. Estava sozinha no quarto, olhei para o sofá e vi um lenço azul dobrado sobre os lençóis de minha acompanhante noturna, Paula. Teria ela esquecido? Fiquei tentando lembrar se alguma vez a vira usando o lenço como acessório, mas não consegui recordar. Fiquei sonolenta por toda a manhã. À tarde, Renata chegou e me tirou da cama, sentou-me na poltrona e, por um minuto, desejei estar em casa, sentada na sala de TV, com Mia e Beka. Minha amiga tirou da bolsa um embrulho colorido e me alcançou. *Pra você, vai te proteger na cirurgia*. Sorri, comovida mais pelo carinho do que pela imagem da santa.

O cirurgião plástico e o doutor Augusto entram no quarto, sérios, conversando baixinho. Ergui um pouco a cabeça, querendo ouvir o que diziam. Percebi a cara fechada de Renata, olhando os dois. Sim, algo estava dando errado. Meus olhos pesavam e meus ouvidos tinham um zumbido ao fundo, impedindo que eu ouvisse direito. Senti sede, mas não reclamei. O gosto amargo em minha boca havia se acentuado. E qualquer cheiro no quarto, parecia se tornar muito forte para minhas narinas.

Paula entrou no quarto quando a maca mal havia chegado. Nem lembrei de perguntar sobre o lenço azulado; vi em seus olhos extrema preocupação.

Trocaram minha camisola por uma cirúrgica e prenderam-me o cabelo em uma touca. A seguir, me transferiram para a maca, cobrindo-me bem, até o pescoço, para aplacar os tremores. No corredor, de longe, vi a janela, mas não pude enxergar o MASP. Imaginei qual exposição estaria lá. No elevador, pensei que a cirurgia tinha de dar certo. Queria voltar logo para casa, estar com minhas filhas. Se elas estivessem aqui, pegariam na minha mão e as coisas pareceriam mais fáceis. Mas era inútil preocupar-me por elas antes da cirurgia. Deveriam estar bem. Ao chegar na sala, pude ver as paredes verdes; médicos e enfermeiros tentavam me acalmar, garantindo que logo ia acordar e me sentir melhor: a cirurgia iria melhorar a infecção. Isolaram e higienizaram uma grande área do meu corpo, amarraram meus braços e aplicaram, na veia, um líquido branco e gelado.

# A palavra indesejada

Quando despertei, o sol já entrava entre as frestas da veneziana. Todo meu corpo doía. Mexi os pés devagar, queria sentir os dedos enquanto me ajeitava em meio às cobertas ainda molhadas de suor da noite. Meu organismo não havia processado a nova cirurgia.

O doutor Hugo chegou cedo, com um assistente e a enfermeira chefe, a quem orientou sobre o pós-cirúrgico. Eu queria perguntar se havia dado certo, mas estava tão sonolenta e indisposta que não consegui.

De volta ao quarto percebi, sobre a mesa de cabeceira, várias imagens sacras, assim como de frascos de água por certo abençoada. O que faziam ali, aquelas santas e santos? Poderiam me curar? Preferia acreditar que sim.

Percebi, pela primeira vez, que estava buscando a cura também por meio da fé, talvez através de algo a ser exorcizado. Ao mesmo tempo que essas questões surgiam, vinha-me a sensação de uma energia nova, representada pelo carinho de amigos e, talvez, pela espera de um milagre. Os médicos saíram sem se despedir. Paula entrou, atabalhoada; derrubou uma garrafa de água, por sorte lacrada. Disse que Mafalda, sua cachorra de 12 anos, havia morrido. Deixara-a no veterinário para ser cremada, e as cinzas repousariam num cilindro dourado, no fundo do guarda-roupas de minha irmã. Pensei na finitude da vida. Tudo acaba um dia. Única certeza. Mas não queria morrer agora, ainda tinha muitas coisas para fazer por aqui. Tentei consolar Paula, sentindo remorso por ela estar muito tempo comigo e não ter se despedido direito de Mafalda, que já andava doente. A manhã passou calada, cinzenta apesar do sol que entrava pela janela.

Naquele mesmo dia, após o almoço, que recusei só pelo cheiro enjoativo, recebi uma visita que marcou o dia: minha prima, Marília, com o atual namorado. Chegaram falando alto. O quarto, cheio de frases cruzadas, me fez pensar em como seria meu velório. Gente falando sobre diversos assuntos. *Pobre Diana, não resistiu a tantas cirurgias; morreu sem saber direito o que tinha.* Precisava saber mais sobre o que estava acontecendo comigo. Ouvia a voz do namorado de minha prima, falando alto, destacando-se entre as demais. Parecia querer chamar minha atenção. Veio em direção à cama e começou a contar sobre um amigo de adolescência cujo diagnóstico de câncer, há poucos anos, o levou a um estado crítico. Enquanto ele falava, eu me fixava em sua boca. Parecia um ventríloquo, falando para dentro de um boneco. Isso me fez lembrar da festa de aniversário de uma amiga da escola. Eu tinha 6 anos e tentava descobrir como um boneco poderia falar sozinho. Não prestava atenção em suas palavras. O que importava era o movimento da boca. Ficava hipnotizada. Achava aquilo encantador. Então, uma colega me cutucou: *Não é o boneco que fala. É o homem!* A revelação me deixou tão decepcionada, como no dia em que descobri, olhando por debaixo da porta do quartinho de guardados e bem antes do Natal, o patinete que havia pedido a Papai Noel.

Recostada na cama, respirava ofegante. O namorado de Marília continuava discursando, inflamado, sobre a mesma história.

— O câncer, essa doença maldita — disse, coçando a cabeça. — Dizem que está ligada a alguma causa emocional. Sabe-se lá o que meu amigo passou. Não consigo imaginar como um homem tão bem-sucedido na vida contraiu essa doença.

Pensei por que ele estaria me falando essas coisas, no quão inconveniente ele estava sendo. Talvez quisesse me igualar ao seu amigo, comparando a doença a uma peste moderna.

Foi impossível não recordar da faculdade de História, quando resolvi que, depois da graduação, faria especialização sobre a Grécia. Eu tinha 21 anos, e a vida já tinha me dado alguns trancos. Meu pai nunca foi a favor de que eu estudasse História; achava que era uma profissão do passado, não conseguia entender que essa era a busca que me encantava. Com ele, porém, não adiantava discutir.

No dia 25 de novembro de 1998, recebi um telefonema. Uma voz disse que meu pai foi encontrado caído na garagem, inconsciente. E, em seguida, levado ao Hospital Samaritano. Parecia um trote.

Passaram-se três meses de angústia e sofrimento à espera de um sinal de melhora. Eu me desdobrava entre hospital, estágios, casa e faculdade. Até que, em fevereiro de 1999, seus pulmões cansados desistiram. Não chorei. Fiquei anestesiada em meio ao vazio de não pertencer mais à condição de filha.

Dez dias antes, no mesmo mês fatídico, minha avó materna, que vinha lutando há dois anos contra um câncer de mama, deixou de resistir. Faleceu diante de mim; entrei em choque. Para mim, ela sempre foi um porto seguro, uma mulher acolhedora. Ensinou-me o gosto pelos estudos, pelas leituras e escritas. Difícil enfrentar, sem ela, a morte de meu pai.

Minha mãe, inconformada com duas mortes tão duras e próximas, afogou-se em depressão.

Eu, filha mais velha, apesar da devastadora tristeza, passei a gerir e a organizar a casa. Arranjei um emprego que me sustentasse, mesmo ainda vivendo em casa, com minha mãe e irmã. Paula tinha 14 anos e ficou tão desorientada que quase perdeu o ano escolar.

Uma das poucas coisas que me distraíam eram as leituras da faculdade. Fui estudar como as doenças eram tratadas no Mundo Antigo. Descobri que eram consideradas manifestações da ira dos deuses. A punição divina era imposta a uma comunidade, ou a uma única pessoa. No caso de uma comunidade, um bom exemplo é a peste que Apolo, no canto I da *Ilíada*, infringe aos aqueus em castigo por Agamêmnon ter raptado a filha de Crises.

Acabei por encontrar nos livros o alento e paz que precisava naquele momento de luto.

Agora, anos depois, eu mesma combatendo a doença, pedi a Paula que me trouxesse alguns livros de História e Literatura. Queria muito ler, mas não conseguia segurar um livro.

O enfermeiro alto entrou no quarto com a maleta branca. De dentro, tirou novos tubos de ensaio para testes de laboratório; falou que os exames eram necessários, pois precisavam saber qual seria a nova combinação de remédios que iriam me aplicar para conter essa infecção. Senti que os médicos não tinham mais um plano B. O plano A era o antigo B e tinha que dar certo. Porém, a febre não cessava, só aumentava. As visitas haviam aumentado de intensidade; Valéria, Lúcia e Renata não me deixavam só nem por alguns minutos, revezando-se com Paula e com minhas meninas, agora muito atentas. Outros familiares passaram a vir regularmente, o que me fez pensar no agravamento de meu caso. Continuavam falando alto no quarto, que agora parecia pequeno demais, piorando meu mal-estar. Chegavam a me perguntar se eu tinha ideia do porquê de estar com câncer. Não conseguia – e nem queria – responder àquelas indagações. Era demais para mim.

Precisava ter uma conversa com meus médicos sobre meu real estado de saúde. Desejei que todos saíssem do quarto e chamassem o doutor Hugo. Mas não disse nada. Quando chegou o jantar, senti um cheiro muito ruim e disse que nem iria provar o creme. Paula pediu que as visitas saíssem para que eu pudesse jantar. Deixaram o quarto com a promessa de voltar no dia seguinte. Paula me fez engolir a sopa de ervilhas.

Os assuntos da tarde continuavam em minha mente. Por segundos, pensei que poderia ser mais glamouroso estar com outra doença. Talvez tuberculose, por meus pulmões estarem comprometidos. Pensei de forma romântica que poderia ser uma artista de temperamento melancólico, sensível, criativa. Um ser à parte, como Chopin, Kafka, Orwell, e tantos que morreram tuberculosos.

Mas eu não fui contemporânea de nenhum deles e, de glamour, o câncer não tinha nada. Peguei um espelho, na mesa de cabeceira, e me olhei: Embora febril, o rosto estava pálido, os peitos eram montanhas sem topo e havia cicatrizes por todos os lados que o espelho alcançava. De repente, algo me fez beliscar meu rosto. Quando pequena, as bochechas salientavam meu rosto redondo e os olhos azuis, expressivos. Eu tinha dentes brancos, grandes, sorria muito e cumprimentava, cordial, a todos que chegavam à minha casa. Assim fui educada por meus pais. O problema era que esses convidados, ao me verem, iam logo torcendo minhas bochechas. Sentia muita dor e vontade de gritar, mas logo reprimia meu gesto e sorria de lado. Conforme fui crescendo, tomei aversão por tal cumprimento. Fiquei mais esperta, trocando o sorriso por um aperto de mãos: assim ocupadas, as pessoas não poderiam me beliscar. Encontrei nisso uma boa saída para não desapontar meus pais.

Voltei a me olhar no espelho. Não me enxergava mais como antes. Minhas bochechas, agora murchas, caíam pela face, como as de um cão velho. Não me reconhecia. Os olhos agora acinzentados. Guardei o espelho na gaveta da mesa de cabeceira.

Nessa hora, ouvi o barulho de uma porta bater. Eram minhas filhas:

— Mãe, demoramos, mas chegamos.

Pegaram o controle e ligaram na Netflix. Olhei para a TV em frente à cama me sentindo mais leve. Conversamos sobre os atores, em como era bonita a protagonista. Beka falou do próprio cabelo; gostaria de trocar a cor. Loiro seria o ideal. Eu a preferia morena, mas não quis contrariá-la. Éramos cúmplices, naquele momento. Quando veio o jantar, pausamos a série, Mia puxou o carrinho para perto da cama, como Paula fazia. Destampou o prato, e disse:

— Olha, mãe! Olha, Beka, surpresa do hospital! Trocaram o cardápio!

— Agora é especial: hambúrguer, batatas fritas e sorvete!

As duas vibraram igual crianças. Pensei no quanto gostaria de estar em um restaurante, jantando com elas, como há tempos não fazíamos. Mia quis me dar a comida, e quando eu ficava de boca fechada dizia, como eu, há tantos anos: *Abra, abra, o carro quer entrar na garagem, vrum, vrum!*

# Detrás das colinas

Da cama não conseguia ver o céu, mas imaginei o azul lá de fora pela luz que inundava o quarto. Apertei o botão para levantar mais a persiana. Pedi que abrissem um pouco os vidros. Senti o vento tocar minha pele. Veio-me a lembrança de um verão; deveria estar prestes a completar 16 anos, quando também o vento batia forte em meu corpo. Fechei os olhos. O cheiro de maresia entrou-me pelas narinas e inspirei com força o ar salino. O vento úmido respingava gotículas salgadas na pele ressequida pela água do mar e os dias seguidos ao sol. Consegui, depois de diversas tentativas, me equilibrar na prancha de windsurf e deslizei, por segundos, sobre as águas do mar como quem voa num tapete mágico. Eu, o vento e o mar — um o complemento do outro. Desejei que essa sensação se perpetuasse em mim. Foi por isso que comprei uma casa em Ilhabela, bem perto do mar. Lugar de respiro para a vida muito ocupada.

Neste momento, meu corpo padece o cansaço de ficar deitada. As pernas, presas aos lençóis suados, procurando uma brecha seca. Braços e tronco imóveis, marcados de cicatrizes, suplicam por uma trégua. As pálpebras pesam. Nos poucos minutos em que se mantêm abertas, levanto a cabeça para ver quem está ao redor. Troco algumas palavras e volto a fechar os olhos, cansada. A rotina do hospital é insuportável; as refeições vêm e vão, intocadas. Nem o cardápio oncológico eu tolero mais. Tudo o que me interessa é melhorar e voltar para casa.

Sentia que Paula andava cansada, já não insistia pra que eu me levantasse e fosse até o corredor. Então, eu ficava imaginando a vida frenética lá fora: pessoas saindo e entrando, entrando e saindo do metrô, a linha verde abarrotada de gente, o desconforto de não haver lugar pra sentar. Eu, presa à cama, agora sentia falta.

Paula precisou sair cedo, levar o caçula a uma aula particular; não estava bem na escola. Podia senti-la no trânsito, engolida pelos faróis vermelhos ao atravessar a cidade. Chegaria a tempo? Chegaria atrasada? E as milhares de pessoas na avenida Paulista conseguiriam bater o ponto no horário certo? Quando pequena, ao ir pra escola de carro, com minha mãe, olhava sempre para os ônibus lotados e com passageiros pendurados do lado de fora. Eram rostos preocupados, que tiveram de largar os filhos na creche, de barrigas vazias, como elas. Eu voltava os olhos para o rosto de minha mãe, que buzinava com força, exasperada para chegar antes de bater o sinal da entrada na escola, justo ela que odiava chegar atrasada a qualquer compromisso. Repetia, em voz alta, que deveríamos ter saído mais cedo de casa.

Eu queria apenas sentir o "aperto" que a mãe chamava de vida moderna, e que só conheci anos depois. Hoje, até disso sinto falta.

Valéria, Lúcia e Renata estavam no quarto e me chamavam para almoçar. Juntas, faziam de tudo para que eu me alimentasse bem. E eu, sem a mínima fome, abria a boca em nome das pessoas de estômagos vazios. Não disse nada às amigas, e nem reclamei que a sopa estava quente demais. Depois do almoço recebi a visita do doutor. Augusto. Ofegante, vinha de outra cirurgia — paciente com metástase, operação complicada. Sem dar mais detalhes: arrastou a poltrona para perto da cama, pegou de leve na minha mão como da primeira vez que o vi no consultório. Despertei da sonolência habitual pelo susto de lembrar que poderia ser notícia ruim. Me ajeitei, na cama, como se pudesse reassumir o corpo latejante e inflamado. O doutor Augusto perguntou como estava me sentindo. Pensei em contar a verdade. Desisti.

Ele lamentou que meu corpo não reagisse bem aos antibióticos. Estavam tentando de tudo para a infecção regredir e poderem salvar as próteses. Mas temos um limite. Pensei que era a hora de terminar com isso logo. Talvez retirar as próteses fosse, naquele momento, o melhor a fazer. Apertou mais forte minha mão; ainda tinha algo importante a dizer. *Seus exames não estão bons, precisamos ser cautelosos, pois você ainda terá um longo caminho pela frente.* E, sem mais gaguejar, foi despejando as palavras. O exame de imuno-histoquímica revela que o tumor é do tipo *triplo negativo*, o que quer dizer que precisarei fazer quimioterapias, e muitas, duas a três séries de tipos diferentes — branca e vermelha — em espaços curtos de tempo. Temos que agir depressa, disse, e a voz dele foi ficando distante, enquanto minha mente repetia: *um longo caminho a percorrer, quimioterapias, temos que agir depressa.* Tudo isso implicaria ficar sem cabelos. Sem peitos, sem cabelos, sem cabelos, sem peitos. Aguentaria, meu frágil corpo, tantos remédios? Cravei os dentes nos lábios, forcei o maxilar como se estivesse tentando mastigar um bife duro. Não chorei, precisava ser forte; queria me mostrar forte. Fechei os olhos a fim de me transportar para outro lugar. Desligar o motor, por um instante.

Quando abri os olhos o doutor Augusto não estava ali, mas o quarto parecia ainda mais movimentado que antes. Enfermeiros entravam e saíam a toda hora, e as visitas continuavam frequentes. Apesar das inúmeras tentativas, não conseguiam mais me entreter. Porém, de algum modo, a presença delas me consolava.

Paula, Valéria, Renata e Lúcia passaram a anotar, em um caderno, as recomendações médicas, os novos medicamentos e os nomes de quem passava pelo quarto. Nos momentos em que eu acordava, liam para mim como se eu fosse capaz de guardar alguma coisa do que diziam. As palavras a cada dia se embaralham mais, como num carteado entre profissionais. Sabia quando Mia e Beka andavam ausentes, pelo caderno de anotações. Queria ligar para elas, enquadrá-las, dar um puxão de orelha em cada uma, mas não estava em condições de dar as cartas — eu, que sequer sabia jogar.

Fazia silêncio quando acordei e vi Paula ao pé da cama, os cabelos soltos emaranhados, camiseta estampada com uma santa cuja identidade não reconheci. Trazia um ar preocupado. Perguntei o que era.

— Nada, não, hoje até é feriado e estou tranquila. Meus filhos estão em casa, com a sogra — respondeu.

Respirei fundo. Tinha perdido a noção dos dias. O que me importava ser feriado, se eu estava dentro de um hospital? Pedi água, tinha sede. Ondas de calafrios me faziam bater os dentes. Paula me cobriu até ao pescoço e trocou as meias que eu vestia por outras mais grossas. Voltei a fechar os olhos, e viajei, corri por um campo coberto de flores amarelas. Enquanto deslizava as mãos sobre elas, o vento soprava forte, me fazendo flutuar. Longe, muito longe duas colinas. O céu avermelhado. Voei até elas. Ofegante, senti meus cabelos grudarem de suor, e, antes que pudesse chegar, fui interrompida por um ardor no braço direito. A veia tinha estourado. A enfermeira veio, rápida, e tentou puncionar outra veia. Nada. Tinham sumido. E outra e outra picada. Queria voltar para as colinas de elefantes, como no conto de Hemingway. O que estaria por detrás das colinas? O entra e sai de enfermeiros tentando puncionar a veia, o braço todo perfurado. Decidiram colocar o PICC, uma espécie de cateter venoso, depois de me perguntarem se eu estava de acordo. É lógico, concordei.

Um tempo depois, entrou no quarto uma máquina com estampa de girafa. Achei engraçado. Por meio dela, realizaram um ultrassom nos braços e área peitoral. Perfuraram e colocaram o cateter. Não dei a mínima pelo desconforto. Estava livre das picadas. Toda infusão seria aplicada por aquele caninho preso ao braço, esse tal de PICC.

Mais tarde, um alto e sorridente enfermeiro, de plantão, chegou para me dar banho. Enquanto deslizava a toalha ensaboada pelas minhas partes íntimas, pensei quantas vezes ainda seria necessário depender de alguém para realizar as tarefas diárias. Sabia que em casa contaria com Lourdes, mas tudo muda, um dia você faz tudo sozinha no outro, nem banho consegue tomar. E eu, antes, nem me dava conta de como estes gestos pequenos do cotidiano eram importantes. Olhei, de novo, para o enfermeiro; em outro momento, sua presença poderia ter me incomodado. Agora, agradeço o alívio de me sentir mais fresca.

Paula já tinha trocado o turno com Lúcia. Sonolenta e ofegante, percebi se aproximar do leito uma das auxiliares do doutor Augusto. Ela me examinou, auscultou os pulmões, abriu a camisola, tocando em meus seios. O peito mais inchado, com manchas rubras. Em seguida, a assistente chamou minha amiga, cochichou algo e saíram do quarto às pressas. Fiquei imaginando o que seria tão urgente. Lúcia, de pijama, pelos corredores, algo bom não poderia ser. Demorou a voltar. Quando entrou no quarto pegou o celular, enviou algumas mensagens e, depois, me ofereceu água ou coca. Pegou um chocolate, abriu sem me oferecer, enfiou na própria boca, engolindo quase de uma vez. Pegou uma cadeira e colocou ao lado da cama. Passou a mão nos meus cabelos, acariciou minha cabeça, o rosto, e eu fechei os olhos.

# A assinatura

Ainda estava escuro quando percebi o doutor Augusto e o doutor Hugo de pé, em frente à minha cama. Olhei para o outro lado e Paula ainda dormia no sofá. Ela acordou eu um salto, vestiu o roupão, abriu as persianas e se pôs ao lado deles. Sem muitos rodeios, o doutor Hugo foi logo falando da importância e urgência de uma nova cirurgia, mais profunda. Os antibióticos não estão fazendo efeito, já testamos todas as combinações possíveis, pensava em voz alta, não deixando espaço para o colega falar. Repetia:

— Prescrevi os mais fortes medicamentos que existem, mas seu corpo não responde. Você entende a gravidade, minha querida?

Foi então que o doutor Augusto chegou mais perto da cabeceira e pegou em minha mão. O doutor Hugo aproximou-se também, pelo outro lado da cama, e foi logo explicando que se tratava de uma *sepse pulmonar,* uma infecção muito grave, você sabe, está começando a tomar conta do corpo inteiro. Não podemos perder tempo, nem um minuto. Voltou-se para o doutor Augusto e pediu que ligasse logo para o cirurgião plástico:

— Quero ele aqui o mais rápido possível!

Parei de ouvir o que os médicos falavam. Avistei Paula, em um canto, teclando no celular. Estranhei ela não estar anotando tudo no caderno. E nem chegando perto da cama para arrumar meus cabelos, como sempre fazia. A enfermeira-chefe entrou. O doutor Hugo lembrou-a do jejum; a partir de agora, nem água. A cirurgia cresceu, tomou uma proporção maior do que as outras.

Renata e Valéria apareceram no quarto, esbaforidas, tropeçando em tudo o que estava pelo caminho. Determinaram que Paula fosse almoçar; ficariam comigo. Renata foi até o Posto de Enfermagem, enquanto Valéria falava ao telefone, com Lúcia. Pude ouvir a palavra tempo, repetida diversas vezes. Por fim, soube que Lúcia só chegaria pelas três da tarde. Lourdes estava em casa, a meu pedido, para atender as meninas.

Dormitei um pouco, era minha fuga.

Lúcia e Paula entraram juntas no quarto; tinham se encontrado na fila do elevador. Comentavam coisas da rua. Pedi para Paula me alcançar o espelho, que estava na mesa de cabeceira. Às amigas, pedi que saíssem um pouco do quarto. Concordaram, sem muita vontade; ficariam junto à porta, de prontidão. Eu precisava olhar meus seios, pela última vez.

Paula afastou as cobertas até quase à cintura, elevou a cabeceira da cama e, conforme eu apontava com o dedo, conduzia e focava, no pequeno espelho, as curvas bem torneadas da reconstrução perfeita que o doutor Marcelo fizera, há tão pouco tempo. Demorei-me nos mamilos, acariciando-os; ainda estavam ali, não foram retirados, como era o caso de muitas mulheres com câncer de mama. Diante do que via, impossível não pensar nas minhas filhas: primeiro Mia, tão pequena, em meu colo e sugando com força aqueles bicos; depois Beka, faminta, agarrando-os com as mãozinhas, parecendo já saber que a vida, agora, dependia deles. Ah, aquelas mamas tão sensuais, aquelas fontes incomparáveis de prazer, agora doíam, febris, vermelhas maçãs. Contraí as pálpebras e apertei bem os olhos, e a imagem deles se partiu em mil pedaços, como os do livro *Caleidoscópio de vidas*.

À tardinha, o doutor Marcelo entrou no quarto, com um papel na mão.

— Tudo certo? — perguntou a Paula.

— Sim, as filhas estão a caminho — ela respondeu, enquanto a enfermeira media-me a pressão e a temperatura.

A um sinal do médico, Paula empurrou a mesinha por sobre a cama. Pediu para que saísse do quarto. O doutor Marcelo pousou uma folha sobre a mesa e, sem dizer palavra, me entregou uma caneta preta com um emblema branco na ponta. Peguei a folha e pude ler, em letras maiúsculas: AUTORIZAÇÃO PARA RETIRADA DE PRÓ-

TESES MAMÁRIAS. Ao final, a linha em branco aguardava a minha assinatura. Assinei. A maca já entrava no quarto. Transferiram-me, cobriram-me, e fui em direção ao elevador para o Centro Cirúrgico segura de que estava fazendo a coisa certa.

# Epílogo

O sol entrava pela janela e eu deixava que tocasse meu rosto. Aquecia minha face no inicio de mais um inverno. Já fazia alguns meses da cirurgia de remoção das próteses, que correu como esperado. A infecção cedeu em uma semana e quando tive alta, precisei ficar em resguardo para me recuperar antes de iniciar o protocolo das quimioterapias. Por estar muito debilitada, comecei com a branca, depois passei para a vermelha. Nem sabia que existia mais de um tipo.

A quimio é um outro baque para o corpo e para a mente. Depois dela, viria a radioterapia e no final de tudo, estava minha esperança. Naquela primeira semana de inverno, me preparava para a última sessão da quimioterapia vermelha. Já completamente vestida com um casaco mais quente e botas de cano alto, dobrava o lenço que costumava utilizar e decidi deixá-lo em casa. Passei a mão pela pele lisa da cabeça e vesti o capuz. Se não estivesse frio, sairia sem nada. A careca já não incomodava mais.

As amigas e minha irmã faziam revezamento para me acompanhar no hospital. Naquele dia, por ser a última, Mia pediu folga para me levar. Já esperava no carro enquanto eu juntava minha bolsa e colocava dentro dela um caderno, onde vinha escrevendo, entre náuseas e cochilos, a minha experiência durante o tratamento.

Eu encarava essas idas à quimioterapia como um trabalho, e o registro por escrito era uma função desse trabalho, um relato que me ancorava a vida. Foi um momento de muita fraqueza física, alguns dias, mal conseguia caminhar. Beka vivia me cercando, incentivando que me movesse, mas cuidando para que não forçasse demais. Eu obedecia, queria melhorar. Nunca nem passou pela minha cabeça a possibilidade de desistir. Fiz tudo o que me era orientado, sem falha. Minha vida dependia disso.

No hospital, fui instalada no box 6, pela enfermeira de sempre. Eliane era muito amável e comemorou comigo a última sessão. No hospital não havia o sininho que de costume tocam os pacientes oncológicos ao final do tratamento. Eu sentia falta de um marco, de algo que registrasse o fim daquele ciclo tão difícil.

Meia hora antes de encerrar a administração do remédio, Mia saiu do box para atender o celular e quando voltou, trouxe consigo a irmã mais nova. Beka entrou sorrindo, trazendo balões e uma bandeja com brigadeiros, meu doce favorito. Mesmo sem apetite, comi um, enquanto as meninas penduravam os balões no suporte do meu soro. Eliane também voltou para o meu box e se ofereceu para tirar uma foto, registrando o momento. Mia com a mão na minha careca, Beka segurando um brigadeiro com uma velinha apagada em cima – não era permitido acender velas dentro do hospital.

Quando a medicação terminou de descer, Eliane desconectou o acesso. Fora do box, todas as enfermeiras esperavam para me parabenizar, passei por todo o setor distribuindo brigadeiros. Valéria e Paula me aguardavam na sala de espera. Por mais que ainda houvesse toda a radioterapia pela frente, era bom comemorar a vida. Via no rosto dos outros pacientes uma réstia de esperança, a hora deles também iria chegar. Uma lembrança de que a vida resiste.

A luta não terminou ali, mas isso é assunto para um outro livro.

## Nota da autora

Este livro é baseado em acontecimentos reais, nomes foram trocados para proteger a identidade dos envolvidos.

# Sobre a autora

**Anna Maria Mello**, paulistana, graduada em História pela Universidade de São Paulo, cursou a pós-graduação em Formação de Escritores pelo Instituto Vera Cruz e a Oficina de Escrita do professor Assis Brasil na PUC-RS. É mestre em Crítica Literária pela PUC-SP e doutoranda em Processo de Criação Literária pela mesma universidade. Faz parte do Grupo de Pesquisa de Literatura para Jovens (PUC-SP/CNPQ). É autora de *Cabelos vão, cabelos vêm: o que é que a mamãe tem* (2017) e coautora do livro *Da janela* (2019). *Montanhas de Diana* é seu primeiro romance.

**Edição e revisão** Bruno Zeni
**Capa** Sílvia Nastari
**Projeto gráfico** Rafael Marcon e Sílvia Nastari

**Imagem de capa** *Nu no cabide* (1927), de Ismael Nery
Acervo Artístico-Cultural dos Palácios do Governo
do Estado de São Paulo. Palácio Boa Vista (Campos do Jordão, SP)


Dados Internacionais de Catalogação na Publicação (CIP)
(Laura Emilia da Silva Siqueira CRB 8-8127)

---

Mello, Anna Maria.
Montanhas de Diana / Anna Maria Mello.
1ª ed. — São Paulo: Editora Quelônio, 2024.
156 p.; 14 x 20 cm.

ISBN 978-65-87790-80-0

1. Ficção: Literatura brasileira 2. Literatura brasileira: romance
I. Mello, Anna Maria. II. Nastari, Sílvia

13-202411 CDD 869.93

---

Índices para catálogo sistemático:

1. Ficção: Literatura brasileira
2. Literatura brasileira: romance
869.93

Editora Quelônio

Rua Venâncio Aires, 1072
05024-030
São Paulo - SP
www.quelonio.com.br

**Fontes** Loretta VF e Eloquent JF
**Papéis** Pólen 90 g/m² e Cartão 250 g/m²
**Impressão** Rettec
**Tiragem** 500 exemplares
**São Paulo, agosto de 2024**